Impressum

Bibliografische Information der Deutschen Nationalbibliothek: Die Deutsche Nationalbibliothek verzeichnet diese Publikation in der Deutschen Nationalbibliografie; detaillierte bibliografische Daten sind im Internet über dnb.dnb.de abrufbar.

© 2022 Holger Prade

„Herstellung und Verlag: BoD – Books on Demand, Norderstedt"

Illustrator: Ralf Alex Fichtner

Cover: Selina Weigel

Taschenbuchausgabe auch als E-Book erhältlich

ISBN Nr.: 9 783755723882

Inhaltsverzeichnis

Teil 3 – Geschichten aus der DDR

Vorwort

Willkommen in einer Welt der humorvoll aufbereiteten Anekdoten in einem unvollkommenen Alltag.

Selbst wenn es den Beteiligten häufig nicht bewusst ist, so trägt das Leben selbst in schwierigsten Zeiten immer eine komische Komponente in sich.

Wer den Blick dafür schärft, kann lachend selbst durch schlimmste Lebensphasen gehen.

Lasst uns also gemeinsam schmunzeln über Situationen, die viele von uns bereits so oder etwas anders erlebt haben. Lasst uns gemeinsam etwas überspitzen und über Dummheiten, Irrungen und Wirrungen, Ungeschicktheiten und nur allzu menschliche Verfehlungen lachen.

Jeden Abend eine Geschichte lesen, das dürfte als Dosis mit Nebenwirkungen bereits eine heilende und kräftigende Wirkung entfalten.

Viele liebe Grüße

Euer H.P.

Teil 1 - Dies und Das

Kapitel 1

Einleitung - Worin der Leser erfährt, wie es dem Autor heute geht

Ich bin noch unbehandelt, also wie soll es mir schon gehen? Gut, dass Sie sich mit mir zusammen beim Onkel Doktor anstellen. Jetzt sind wir schon zu zweit. Bevor ich es vergesse, Schüssel dabei?

Behandlung psychischer Störungen Ende des 19. Jahrhunderts...

Kapitel 2
Das erste Mal

Können Sie sich noch an ihr erstes Mal erinnern? Sicher können Sie das. Ich auch. Es war unvergesslich! Es kam völlig überraschend! Und endete in einem Fest der Sinne. Mein erstes Mal war mit dreizehn. Das Nutella hatte eine Tante mitgebracht. Ohii!! Ich sehe, Sie Ferkel hatten jetzt etwas anderes erwartet. So etwas in der Richtung, die beschreibt, wie bei der Preisgabe der Jungfräulichkeit die letzte Figur des Kamasutras entstand. Tja, da muss ich enttäuschen. Für mich ist dieses Buch ein einziges Rätsel. Was für ein Ferkel fing eigentlich an, Stellungen anderer aufzumalen? Stellen Sie sich das mal praktisch vor! War das nur ein einzelner Spanner oder mehrere? Konnte er oder sie alle Stellungen wirklich selbst? Manche Sachen können doch nur Schlangenmenschen? Probierten sie es in der Gruppe aus und wenn ja, wer war die arme Sau, die sprichwörtlich auf dem Trockenen saß und zeichnen musste? Schrieben das Buch vielleicht nüchterne Wissenschaftler, die das Thema eher theoretisch bearbeiteten, aber selbst nie Sex hatten? Das würde die Verwandtschaft vieler Stellungen zu Yoga erklären. Oder war es eine Auftragsarbeit des Papstes bei der Suche nach der Verderbnis und dem Teufel? Vielleicht war es aber auch eine männerfressende Nymphomanin und die Stellungen sind nur eine Sammlung der Todesursachen des Beerdigungsinstitutes. Nun über all das kann ich nichts berichten, weil ich nicht dabei war. Oder sehe ich so alt aus?

Da Sie mit ihrer lebhaften Phantasie leider das Thema wechselten, erzähle ich Ihnen ersatzweise, wie ein Junge aus der Nachbarschaft zu seinem ersten amourösen Abenteuer kam.

Es war ein öder Freitag in der Jahreszeit, wo es früh dunkel wird, ständig unangenehmer Wind Laub von den Bäumen weht und die Katze nass wird. Die Familie erwartete geliebten Besuch, der nur wenig Zeit hatte. Der Bruder der Hausherrin hatte daher zum Abendbrot eingeladen und alle waren hingefahren. Der älteste 15-jährige Sohn, der erst spät nach Hause gekommen war, bereitete noch die Betten der Gäste vor und trat dann gelangweilt vor die Tür. Im Einfamilienhaus gegenüber war die Dame des Hauses ebenfalls vor die Tür getreten.

" Na, so ganz allein mein Hübscher." rief sie neckend herüber. „Ja, die kommen erst am späten Abend wieder." Sie überlegte kurz, dann lud sie ihn ein „Dann komm doch zu uns rüber, Wie machen uns einen schönen Abend."

"In Ordnung." rief er zurück. "Ich komme gleich."

Nun, Sie sind durch das Kamasutra bereits phantasievoll vorbelastet, der junge Mann war es jedenfalls noch nicht und war noch auf Nutella-Niveau. Völlig ahnungslos sperrte er die Tür des Hauses zu und begab sich ins Nachbargrundstück

Eigentlich hatte er keine Lust dazu, denn die Tochter hatte ein Auge auf ihn geworfen und gehörte so gar nicht zu dem Typ Frau, auf den er stand. Aber vielleicht war sie ja gar nicht da. Also ging er hinüber. Mutter und Tochter saßen bei Schmusemusik auf Sessel und Couch am Wohnzimmertisch. Die Mutter begrüßte ihn mit den Worten: "Magst auch was trinken? Ich hole uns schnell Gläser. Komm doch mit." Es war ihm zwar nicht klar, wozu sie

ihn beim Holen von drei Gläsern brauchte, aber wohlerzogen, wie er war setzte er sich gar nicht erst hin und trottete hinter ihr her. Es war das erste Mal, dass er in dem Reihenhaus war. Er wusste zwar, dass die Nachbarin dem Alkohol nicht ganz abgeneigt war, aber als er in einen gut gefüllten Raum voller blubbernder Weinballons eintrat, überraschte es ihn dann doch. An allen Behältern hatte ihr aufmerksamer Gatte Striche gezogen, um den Füllstand zu markieren. Vermutlich hatte er die Befürchtung, dass durch seine eheliche Schnapsdrossel seine Vorräte sonst zu schnell die Beine anzogen. Sie drückte ihm drei Gläser in die Hand, füllte zwei Karaffen ab und goss sorgfältig Wasser nach, bis der alte Stand wieder erreicht war. "Das merkt mein Alter nie." lachte sie dabei. Dann saßen sie zu dritt auf dem Sofa. Beide Frauen flirteten um die Wette. Hatte ich schon erwähnt, dass er noch Jungfrau war? Nu
Nicht nur das, er bemerkte auch nicht, was da abging. Als die Mutter bemerkte, dass er nicht reagierte, rückte sie immer näher an ihn heran, fing an, ihn rein zufällig zu berühren und versuchte ihn mit Wein abzufüllen. Die Tochter bekam vor Wut einen immer röteren Kopf und sagte irgendwann nichts mehr. Er stand dagegen immer noch auf der Leitung, rückte sogar mal kurz weg, als sie ihn mit ihrem Fuß rein zufällig berührte. Also ging sie zur nächsten Phase über, schaute ihm tief in die Augen, fuhr sich mit der Zunge lasziv über die Lippen, lag irgendwann fast auf dem Sofa und streichelte ihm, natürlich rein zufällig und fast versehentlich, über das Haar. Die Tochter stand ob dieses Verhaltens knapp vor dem Herzinfarkt. Er saß immer noch da und bemerkte: nichts. Dass sich ihre Mut-

ter plötzlich in ihrer Gegenwart als Konkurrentin entpuppte, führte die Tochter kurz vor die Schnappatmung.
Als diese dann ihre Schuhe auszog und ihm die Füße, mit
der Bitte diese zu massieren, auf den Schoß legte, zer-
drückte sie ihr halbgefülltes Weinglas mit solcher Wut,
dass es in tausend Stücke zersprang und ihre Hand blu-
tete. Der Mutter war die Gesamtsituation von Anfang an
bewusst gewesen. Jetzt bot sich ihr die Gelegenheit, die
pubertierende Tochter loszuwerden. "Ich glaube, du hattest genug Wein. Ich verarzte dich jetzt und dann gehst
du ins Bett." meinte sie lapidar. Dann kam sie allein zurück. Er hatte inzwischen langsam begriffen, was passiert
war und was passieren sollte. Seine Gefühle schwankten
zwischen Verblüffung und Aufregung, zwischen: Ich
sollte gehen und hoffentlich hat sich die Tochter nicht zu
sehr verletzt, hin und her. Dann kam die Mutter zurück.
Sie hatte ihr Oberteil gewechselt, sodass ihre Brüste, aus
dem tiefen Ausschnitt massiv herausquellend, sich vor
den Weinballons ihres Gatten nicht verstecken mussten.
"So, jetzt sind wir endlich allein." schnurrte sie und die
solcherart überwältigte männliche Jungfrau, die bereits
in die hinterste Ecke des Sofas gerutscht oder besser ge-
flüchtet war, bekam hochrote Ohren.
"Weißt du, dass du ein richtig gutaussehender junger
Mann bist?" gurrte sie, streichelte bewundernd über
seine Oberarme, rückte dabei ganz nah an ihn heran, biss
ihn zärtlich hauchend ins Ohrläppchen und legte ihm dabei fast die Brüste in die Augenhöhlen. Ihr frisch aufge-
legter Rosenduft und ihre Hand zwischen seinen Beinen
ließen ihn sich nun sicher werden, wie der Abend wohl
enden würde.

"Komm, ich zeige dir das Haus." hauchte sie ihm ins Ohr. Wie betäubt und nicht wissend, wie ihm geschah, ließ er sich hochziehen. Hand in Hand führte sie ihn eine Etage nach oben.
Er gab noch kluge Sätze von sich, also der Situation angemessenes Zeug, wie: "Was ist in diesem Raum?" " Die Abstellkammer, mein Liebling Schau!

Wenn eine zarte Jungfrau in Nöten ist, sollte der jugendliche Held wissen, was zu tun ist.

Und hier ist das Schlafzimmer. Magst mal reinschauen?" Mit diesen Worten öffnete sie die Tür und stieß ihn fast hinein.

Zwei Stunden später stand der junge Mann über das ganze Gesicht wie ein Vollidiot grinsend, in seiner Haustür.

Die Eltern und die Tante aus Übersee waren vor über einer Stunde zurückgekommen und hatten ihn bereits vermisst. Die Tante schaute ihn aufmerksam an und bemerkte dann am Rande, als sie kurz allein waren: "Und war es das erste Mal?" Er nickte strahlend. Sie lächelte ihm zu: "Dann genieße den Augenblick." Das tat er denn auch. Das an diesem Abend keine bedeutende Stellung dem Kamasutra hinzugefügt worden war oder zur Anwendung kam, wurde ihm erst später klar. Ein paar Jahre später kam dann überflüssigerweise auch noch heraus, dass sie auch seinen Vater und ein paar weitere Nachbarn verführt hatte. Was für ein Luder. Aber vielleicht war das gar nicht so schlecht, denn die Tochter redete ab diesem Zeitpunkt kein Wort mehr mit ihm. So hat jedes "Erste Mal" zwei Seiten.

Wissenswertes:
Frauen haben 15,5 Jahren und Männer mit 16,4 das erste Mal Sex. Der Trend geht dahin, dass immer mehr ältere Frauen sich jüngere Männer erwählen, wie beispielsweise Heidi Klum. Inzwischen ist es jede siebte Frau. Mit zunehmendem Alter steigt ihr Wunsch nach jüngeren Männern. Umgedreht ist dies aber auch nicht anders.

Kapitel 3
Archibald zieht um

Niemand hat Lust die Wohnung zu wechseln. Zieht man in eine kleinere Wohnung, muss man den Hausrat verkleinern. Was der eine Partner entsorgen möchte, will der andere unbedingt behalten und umgedreht. Eine gute Gelegenheit für einen gepflegten Streit. Am Ende bekommt irgendjemand die überflüssigen Möbel geschenkt, der damit das Kuddelmuddel nicht zusammenpassender Möbelteile bei sich erhöht. Oder man organisiert sich über Ebay selbst eine Enttäuschung, weil niemand im Internet für die gebrauchten Teile etwas zahlen will.

Zieht man dagegen in eine größere Wohnung, stellen sich weitaus größere Fragen und es fehlen Möbel. Hier ist die Gelegenheit für einen gepflegten Streit noch viel besser:

Wo stellt man um Himmels willen was hin? Welche Tapete, welcher Bodenbelag und welche Farben wählt man aus? Wie viel Geld setzt man ein und kann der geplante Urlaub dann noch stattfinden? Außerdem macht immer jemand etwas kaputt. Darf es eine Schramme an einem Erbstück oder lieber zerbrochenes Geschirr sein? Auch ein abgebrochener Fuß von alten Familienerbstücken wie der Standuhr oder dem Sofa sind im Angebot. Hoch im Kurs der helfenden und aktiv anpackenden Zerstörung stehen auch ein zerbrochener Spiegel, der satte sieben Jahre Unglück bringt, oder geliebte Bilder. Hinzu kommen Kinder, die sich ständig verdrücken, Nachbarn, welche sich über Sperrgut auf der Straße beschweren und ständig ist das Werkzeug weg.

Eigentlich müsste man jeden Umzug mit einem Termin beim Paartherapeuten oder Psychologen beginnen, um sich darauf vorzubereiten. Aber auch die Schluss- und Einräumphase bietet die Gelegenheit auf Umsetzung des Gesetzes von Murphy: „Alles, was schiefgehen kann, wird auch schiefgehen." Die Standardfrage ist: Schatz, hast du die Kiste mit den Bilderalben gesehen?" und die Antwort: „Nein, in der alten Wohnung standen sie im Vorraum rechts oben." Eine Information, die genauso unnütz ist, wie ein Kropf. Es ist traurige Tatsache, dass immer Kisten verschwinden, genauso wie Socken in der Waschmaschine. Der zartstaubige Zauber eines Umzuges lässt nicht nur Familienalben verschwinden, sondern auch Bratpfannen und jede Menge Sachen vom Boden oder Keller, von denen man schon gar nicht mehr wusste, dass man sie hatte, aber jetzt beim Einräumen schmerzlich vermisst. Beschweren bringt im Regelfall nichts. Auch Wortwechsel wie: „Schatz müssen wir wirklich umziehen? Ich war hier eigentlich glücklich." führen nur zu der Antwort: „Nein, müssen wir nicht. Wenn du zukünftig im Treppenhaus schläfst, hätten wir übrigen genug Platz! Deine Entscheidung." So entstehen Glücksmomente, weil man mitbestimmen kann. In einer scheindemokratischen Familiendiktatur hat eben jeder ein Stimmrecht. Es interessiert nur niemanden. Dagegen fördern Bemerkungen wie: „Jetzt steh nicht so herum. Nimm dir die Kisten und trage sie die fünf Etagen hinunter." das familiäre Gemeinschaftsgefühl. Es heißt ja auch ‚In guten wie in schlechten Zeiten'. Übrigens denkt niemand an Umzüge, wenn er diesen Satz im Standesamt bei einlullender Konservenmusik unbedacht nachplappert. Umzüge sorgen eben von Natur aus für unvergessliche Momente, die man später

zum hundertsten Male mit den Worten „Weißt du noch…"
am Leben erhalten kann. Selbst demente Menschen erinnern sich noch an ihren ersten Umzug, da ist der am Bett
sitzende Ehepartner schon längst vergessen.

Es war einer der kühleren aber schneefreien Wintertage.
Der Wind blies trotz Sonne unangenehm um die Häuser-
ecken. Die nur notdürftig temperierte Wohnung sah nach
einer zeitgleicher Mischung aus polizeilich angeordneter
Hausdurchsuchung, einem Einbruch, zwei Jahren
Messidasein und einem ganz normalen Kinderzimmer
aus. (Kinderzimmer steht hier für: nicht betretbar, ohne
irgendwelche auf dem Boden liegenden Kleinteile mit
dem Fuß zu töten.) Überall standen eingewickelte Möbelteile und Kisten herum. Der gesamte übersehene Staub
eines Jahrzehntes tollte übermütig in den letzten Sonnen-
strahlen herum. Endlich aus Ecken und Nischen befreite
Wollmäuse fassten sich glücklich an den Fusseln und
drehten sich begeistert im Walzertakt, wenn jemand vor-
beilief.

Genau die richtige Stimmung also, um sich nach einem
Buch und einer Tasse dampfenden Tee in einem gemütlichen Café zu sehnen.

Archibald hatte schon seit Tagen die Nase davon voll,
ständig über alle Sachen steigen zu müssen und nichts
mehr zu finden. Jetzt war es endlich soweit. Viele Wochen
vorher war der Chef der Umzugstruppe vorbeigekom-
men, hatte sich die Wohnung angeschaut und ein sehr
günstiges Angebot unterbreitet. In der alten Wohnung
mussten die Möbelträger die Einrichtung eine Etage hinunter und in der anderen Wohnung die Hälfte der Möbel
und Kisten in die erste Etage hinauftragen. Die andere

Hälfte kam eine Treppe weiter unter das Dach. Archibald war das egal. Er war heilfroh, dass er diesmal das Klavier nicht selbst mittragen musste. Seine Frau war bereits vorausgefahren, um vor Ort festlegen zu können, was wohin getragen werden sollte. Jetzt wartete er allein schon über eine Stunde auf den verspäteten Umzugsservice. Dann klingelte es Sturm. 'Na endlich!' dachte er und erinnerte sich an Paketboten, die klingelten und wieder abhauen. 'Wer zu spät kommt, macht das wieder wett, indem er so tut, als sei der Versetzte zu langsam, um an die Tür zu gehen. Würde mich nicht wundern, wenn die verschwunden sind, bevor ich die Tür aufmachen kann. Und dann kommt eine Rechnung über eine vergebliche An- und Abfahrt.' Archibald riss sich zusammen, um freundlich zu wirken und riss die Tür auf.

Vor der Tür standen vier Gestalten, die vermutlich von einem Karikaturisten zum Leben erweckt worden waren. "Der erste Eindruck ist der Beste." sagt man. Archibalds Eindruck folgte dieser Logik. Sein Eindruck ging in eine Richtung, in der er verstand, warum manche Menschen sich selbst bei Horrorfilmen nicht mehr gruselten. Die hatten dieselbe Umzugsfirma genommen wie er.

Vor ihm standen Spargeltarzan, daneben ein kleiner dickbäuchiger O-Bein-John, dahinter Suppenkasper und ein Typ, den selbst Spongebob niedergerungen hätte. 'Wenigstens hat der Kleine solche O-Beine, dass man die Kisten dazwischen durchschieben kann.' fiel Archibald abrupt dazu ein.

Der würde mit diesen Beinen dem Transport schon mal nicht im Wege stehen. Mit Teebeutelpackungen hatten die bestimmt kein Problem, aber nur, wenn sie schon angerissen waren und einzeln abtransportiert wurden. Er schaute die zart gebaute Truppe zunächst mit großen runden Augen an und wurde aus acht geistbefreiten Augen zurückbeglotzt.

„Wir sind ihre Spezialisten für schwere Möbel. Möbel ab 5 Kilogramm gelten bei uns als schwer."

Ob viermal Nichts mehr als Nichts ist?

Die brachen doch sicher bei der ersten Kaffeetasse zusammen, also einer leeren Tasse. Nachdem er sich etwas gefangen hatte, bat er sie herein und erklärte der Truppe, welche Sachen zuerst in die andere Wohnung müssten und dass seine Frau sie dort erwarten würde.

Sie sollten sich bei ihr melden, damit sie ihnen sagen könne, wo was hinkäme. Die vier Märchengestalten nickten und begannen dann in zwei Etagen wahllos alles anzupacken, was ihnen in die Finger kam. Genauso gut hätte er auch ein Gedicht wie ein Hörbuch in eine Geschenktüte sprechen, diese verpacken und verschenken können. An ein gezieltes Steuern des Umzuges war nicht zu denken. Alle vier hielten immer die völlig verkehrten Kisten in der Hand und liefen permanent über das Gewicht schimpfend und jederzeit unansprechbar, an ihm vorbei, als sei er aus Luft. Also nur drei von ihnen, denn der Vierte (Spongebob) gab immer falsche Anweisungen und trug selbst nichts. Das Chaos wurde immer perfekter. Die verstanden eben ihr Handwerk. Außerdem stapelten sie derart dümmlich ihren Transporter voll, dass sie am Ende zweimal mehr fahren mussten als geplant. Und dann war es das erste Mal plötzlich still. Sie waren ohne ein Wort zu sagen - fort. Das bemerkte er erst, als einfach niemand von draußen zurückkam und die Wohnung immer kälter wurde. Daher rief er seine Frau an um sie vorzuwarnen. Beim Abladen erzeugten sie noch weniger System als beim Aufladen, wenn weniger als nichts überhaupt geht. Sie regten sich auf, dass es teilweise eine Etage höher ging, als in der alten Wohnung hinab. Zwischen all dem Gemeckere stellten sie stöhnend, schwitzend und ächzend die Kisten und Möbel einfach dort ab, wo sie gerade standen. Archibald wunderte sich später, dass es so viele ungeeignete Stellen in der Wohnung gab, um etwas abzustellen. Als alles leicht Bewegliche teilzerstört oder unauffindbar umgelagert war, stand nur noch das Klavier in der alten Wohnung. Statt dieses nun anzupacken, verabschiedeten sich die Karikaturen von kräftigen Möbelpackern und wollten verdunsten. Archibald glaubte sich verhört zu haben: " Und was wird aus dem Klavier?" fragte er mit leicht erbostem Unterton, mit dem sich eine nahende Explosion ankündigte. " Was soll damit sein?" Fragte einer zurück. "Na was wohl?! Ab aufs Auto und rüber damit." "Von einem Klavier hat unser Chef nichts gesagt." maulte Spargeltarzan. Archibalds Stimme senkte sich gefährlich ab: "Hat der Chef ihnen von unserem Toilettenpapier erzählt?" Das O-Bein schaute ihn ernsthaft an und entgegnete: "Nein, davon hat er uns nichts gesagt. Wo steht es denn?" Archibald bekam leichtes Körperzittern: "Gleich neben der Wasserschüssel aus Zeitungspapier." Spargeltarzan nickte verständnisvoll: "Wenn Sie uns das vorhergesagt hätten, hätten wir die Papierschüssel noch mit aufladen können." Archibald explodierte: "Seid ihr so blöd oder tut ihr nur so?! Selbstverständlich gibt es kein Problem mit Toilettenpapier und auch keine Wasserschüssel aus Papier. Das Klavier muss rüber, sonst gibt's von mir kein Geld." Er holte tief Atem, um wieder herunterzukommen. Suppenkasper bot sich hilfsbereit an: "Wir könnten Ihnen neues Toilettenpapier mitbringen, wenn Sie keines mehr haben." Archibald gab es auf. Wenn er sich weiter erregen würde, würden ihn die Engel hier und jetzt wegen einem Herzkasper vom Suppenkasper erlösen. "Ich will nur, dass das Klavier aus der Wohnung kommt. Drüben wird es im Erdgeschoss abgestellt. Ich gebe auch was extra." versuchte er jetzt mit Bestechung eine andere Schiene zu fahren. Die Vier schauten sich gegenseitig entsetzt an. Dann ergriffen sie nacheinander das Wort:

"Ich bin nur der Fahrer." meinte Spongebob.

"Ich habe Tennisarme und darf nicht schwer heben." erklärte Suppenkasper.

"Ich muss das noch mein ganzes Leben lang machen, da geht so ein schweres Teil nicht." drückte Spargeltarzan auf die Mitleidsdrüse.

Und O-Bein setzte noch einen drauf, indem er auf seinen, an dieser Stelle anscheinend lückenhaften, Arbeitsvertrag hinwies: Mit der Bemerkung: "Das ist nicht meine Aufgabe." rückte er das Arbeitsrecht ins rechte Licht.

Archibald begriff, dass er gegen diese geballte intellektuelle Argumentationsschiene männlicher Arbeitsverweigerung nicht ankam und zückte sein Handy um ihren Chef anzurufen. Dieser brüllte O-Bein am überreichten Telefon derart laut ins Ohr, dass seine Beine sich sichtlich mühten, zwei gerade Linien zu bilden. Danach kamen sie mit völlig ungeeigneten Stricken zurück, zerrten das über 100-Jahre alte Blüthner Klavier bis an den Treppenlauf und hoben es an. Acht zitternde Beine im Format asiatischer Essstäbchen wackelten unter Erzeugung hochroter Köpfe und mit hervorstehenden Adern vier Stufen abwärts. Dann meinte Suppenkasper lapidar: "Ich kann nicht mehr." und ließ los. Da die Tütensuppentruppe sehr kollegial war, ließen die Anderen auch los. Das Klavier freute sich über seine neu gewonnene Freiheit und rauschte selbständig die restlichen Stufen hinab.

Auch Klaviere haben Gefühle.

Dann blieb es mit einem dumpfen Aufprall im Putz der Außenwand stecken. Die mit Fliesen belegte Treppe war jetzt Rollstuhl gerecht umgeformt, denn es gab zwei

Schneisen, die den Stufen ihre gefährlichen Kanten genommen hatten.

Kein Grund zur Beunruhigung also. Selbst das Klavier brummte noch ein paar Sekunden mit allen Seiten und Hämmerchen zufrieden in der Hauswand vor sich hin. Wenigstens war es jetzt unten.

"Das ging ja nochmal glimpflich ab." Freute sich Suppenkasper und die vier packten den geflüchteten Kollegen Blüthner und verbrachten ihn ins Auto. Archibald rief inzwischen nacheinander seinen Psychologen, den Chef des Umzugsservice, den Maurer, den Klavierbauer, den Hausbesitzer, den Maler, den Fliesenleger, die Versicherung, seine Frau und dann wieder den Psychologen an. Letzterem machte er schwere Vorwürfe, dass er ihn nicht auf diesen Aspekt des Umzuges aufmerksam gemacht hätte. Seine Frau machte wiederum ihm Vorwürfe: Er hätte es kommen sehen müssen. Der Hausbesitzer machte ihm Vorwürfe: Er hätte besser aufpassen und organisieren müssen Der Chef machte seinen Mitarbeitern Vorwürfe und kündigte Kostenbeteiligung für den Fall an, dass die Versicherung nicht zahlen würde. Daraufhin begannen die Mitarbeiter sich jetzt gegenseitig anzugehen. Es gab gruppenbezogen mehr Adrenalinausschüttung als bei jedem Wrestling Kampf und den gepflegtesten Streit, den je ein Umzug erzeugt hatte. Das würde Archibald nie vergessen. Er verstand jetzt auch, warum Demente sich zwar an ihren ersten Umzug erinnerten, aber ihre nächsten Angehörigen nicht wiedererkannten. Die waren wie er unschuldig in einen Umzug verwickelt worden.

Dringend benötigtes Wissen:

In Deutschland ziehen 9,39 Millionen Menschen jedes Jahr um. Bei einem Umzug wiegt der durchschnittliche Kubikmeter Ladevolumen ca. 120 Kilogramm. In einen Kubikmeter passen 10 Umzugskartons. Bei einer 40m^2 Wohnung fallen ca. 23 Kubikmeter an.

Kapitel 4

Wandschmierereien, Tattoos und Piercings

Eine ausgereifte satirische Lustigmachung

(Lesehinweis: Wenn Sie für eine der drei genannten Kunstrichtungen leidenschaftlich brennen, dann lesen Sie am besten von hinten nach vorn. Da kommen Sie besser weg.)

Manchmal habe ich im Alltag das Bedürfnis, Leute mit einer Begabung für laute und rhetorisch geschickte Dummheit zum Duell aufzufordern. Latte auf zwei Meter oder was heute so üblich ist. Schach geht auch, wie bei der Neuverfilmung der Sieben Zwerge. Dort schlägt einer dem anderen überraschend mit einem Frühstücksbrett an den Kopf, sodass der umfällt und sagt grinsend dazu "Schach". Ganz mein Ding! Ich bin eben nicht der bartlos/feminine Stuhlkreistyp.

Es ist aber auch zum ausrasten, wenn jemand jegliche Logik von sich weist und rein emotional diskutiert. Aber auch durch Halbwissen völlig falsche Schlussfolgerungen ziehen und dann die Wahrheit gepachtet haben ist etwas, was manche Leute anscheinend bei Kommunikationskursen lernen. Es ist wie eine kollektive Denk-und Sprecherkrankung. Deswegen juckt es mich immer öfters, auf Totschlagargumente, nein nicht mit Tot schlagen, aber zumindest mit einem das Denkvermögen fördernden Schlag auf den Hinterkopf, mein Argument zu verdeutlichen. Ein Freund von mir hat ein immer ein Diskutierstäbchen, wie er es nennt, auf dem LKW: einen Baseballschläger.

Besonders dreht sich mir der Magen um, wenn ich als Mensch vom Bau die "Kunstwerke" sehe, welche kriminelle Vollidioten, die sich für Künstler halten, an neuen und alten Bauwerken hinterlassen. Die verbringen ihre Freizeit mit dem Beschmieren von Städten und Brücken. So etwas macht man nur, wenn man keinerlei Wertschätzung für die Leistung anderer besitzt oder noch nie für ein Kaninchen sorgen musste. Da bin ich sogar für den Einsatz medizinischer Hilfsmittel, die zur psychischen Gesundung beitragen oder für geistig anregende Arbeitseinsätze, wie kostenlos öffentliche Toiletten reinigen oder Straßen pflastern.

Aber die Schmierfinken mit ihren unverständlichen Hieroglyphen gibt es überall. Einmal aus der Pubertät herausgewachsen werden manche normal und manche wechseln von Hauswänden zu Haut und Händen. Jetzt wird die Farbe nicht mehr aufgesprüht, sondern im Tattoostudio eingetackert. Dann kommt nicht mehr die Farbe zur Hauswand, sondern die Haut zur Farbe.

Als das wie eine kollektive Sucht aufkam, kam es zu lustigen Sachen, wie einem Rechtsstreit. Ein muskulöser Glatzkopf in Ledermontur wollte cool aussehen und ließ sich ein asiatisches Schriftzeichen stechen. Jedes Mal, wenn er danach beim Chinesen essen war, fing die Bedienung an zu grinsen. Irgendwann erfuhr er, dass der Farbstecher von einer Obstdose abgeschrieben hatte. Er rannte mit einem Tattoo herum, auf dem "Gezuckerte Ananas" stand. Er verlor den Prozess, nicht aber die Ananas.

Ein anderer hatte sich sein Lieblingstier in Echtgröße auf den Rücken einpieksen lassen. Kurz danach starb das blöde Vieh.

Andere lassen sich in einer Zeit, wo Beziehungen zerplatzen wie Seifenblasen, den Namen des aktuell Geliebten auf dem Handgelenk verewigen. Der Nachfolger wird somit immer daran erinnert, dass er zweite Wahl war und nur Nachrücker ist. Wenn dort schon elf Namen stehen, sollte er sich echt überlegen, ob er das Dutzend wirklich voll machen möchte.

Schön ist auch was anderes, wenn sich das weibliche Arschgeweih nach der Schwangerschaft von einem Drei-Ender zu einem Zwölf-Ender ausweitet. Eine kleine Rose wäre da höchstens aufgeblüht, aber jetzt kann man wegen dem größeren Platzangebot einen Hochzeitsstrauß daraus machen.

Der neueste Schrei ist jedoch die Brustgardine. Während Frauen ansonsten beim Intimbereich ete-petete sind, lassen sie sich jetzt das Arschgeweih in kleinerer Form unter beide Brüste tätowieren. Ehrlich, da geht mit mir die Phantasie durch. Überhaupt tauchen Tattoos an Stellen auf, wo ich an Fremde Ohrfeigen verteilen würde, wenn sie nur versuchen würden, mich dort anzufassen.

Ist ihnen aufgefallen, dass es kaum noch klassische Litfaßsäulen gibt? Ist Ihnen auch aufgefallen, dass es Menschen gibt, die aussehen, wie Litfaßsäulen? Wenn die geschäftstüchtig wären, würden sie sich statt verschlungenen Schnörkeln, eine ordentliche Bezahlwerbung aufbringen lassen. "Gezuckerte Ananas" wäre aber nur ein erster Vorschlag, um Rocker für richtige Tattoo-Werbung empfänglicher zu machen.

Hier noch ein paar weitere Ideen:

Linke Arschbacke: *„Besuch mal wieder deinen Urologen"*
Rechte Arschbacke: *„Tena - die Windel für den Mann"*

Da wäre dann allen klar, dass man im Arsch ist. Problem und Lösung wären beieinander. Aber was unten herum geht, geht auch obenherum:

Linker Unterarm: *„Ein Tennisarm ist nicht das Ende – ihr Orthopäde"*
Rechter Oberarm: *„Wackelpudding von Dr. Oetker"*

Dazwischen ist noch jede Menge Freifläche, für die man Werbung schalten kann, auch wenn sie nur im Sommer und bei Saunabesuchen vergütet wird.

Haben Sie einen Waschbrettbauch empfehle ich:
„american Steakhouse
Spar Rips – die beste Methode an einer Leiter zu nagen"

Haben Sie eher eine Wanne oder einen Waschbärbauch, dann geht etwas anderes:
„Einer geht noch, Einer geht noch rein – Original Radeberger."

Mir müsste man da freie Hand lassen. Ich wüsste schon Spaß zu verbreiten. Da würde selbst der morbideste Totenkopf ehrfürchtig von selbst verblassen.

An das Alter scheinen diese Menschen auch nicht zu denken. Das wird mal ein Riesenspaß im Altersheim werden.

Niemand braucht mehr eine Zeitung. Man zieht sich gegenseitig die Falten glatt und hat Bilder und Schriftzüge. Da sitzt zum Beispiel die ehemalige Rumbatänzerin Lotte. Jeder denkt, dass Lotte Rumba mag, weil Rumbalotte am Oberam steht. Und dann kommt eines schönen Tages die Physiotherapeutin vorbei und massiert die alte Dame. Stellen Sie sich die Überraschung vor, als sie die Haut der Oberarme ausstreicht und aus der auseinandergezogenen Rumbalotte "Ruhm und Ehre der russischen Rotbannerflotte" wird. Also quer, nicht längs gezogen. Lotte knallte anscheinend Jahrzehnte lang mit ihrem Geschütz auf hoher See kleine Fischerboote ab und heißt Natascha.

Das Arschgeweih ist im Alter ein brunftfreier Hirsch mit Hängegeweih geworden. Die Brustgardine wurde zugezogen, weil die Brust jetzt schlaff darüber hängt und der harte Wikinger mit Schwert, eintätowiert beim ehemaligen Muskelprotz, hat jetzt sichtliche Magenkrämpfe und ersticht sich durch Falten hinweg selbst.

Ist aber alles halb so schlimm. Da helfen Piercings. Über das Bauchnabelpiercing kann man den kleinen und inzwischen unnützen Freund des Mannes hochhalten. Den schlaffen Hintern mit Orangenhaut kann man über die Ringe in den Schulterblättern hochbinden. Das Nasenpiercing hilft den Brüsten, die Schwerkraft zu überwinden und im Alter kann man sich über den Nasenring am Rollstuhl festbinden. So hat man auch im Alter noch etwas SM.

Also, wer will bei all diesen Aussichten etwas gegen Haut- oder Wandschmierereien sagen, vermutlich nur die Alten aus dem Heim. Aber die nörgeln eh nur über die Jungen und halten diese für bekloppt. Da darf man bei dieser Entwicklung gespannt darauf sein, über was dann die zukünftigen Alten, also die heutigen Tattoopiercings, über die zukünftigen Jungen zu meckern haben.

Überlebenswichtiges:

Tattoos entstanden ca. 5.000 Jahre vor Christus. Damals verzierten Japaner Tonfiguren mit Tattoos. Das Word kommt aus dem tahitischen „te tatau". Im 18. Jahrhundert brachten James Cook und Josephs Banks Tätowierungen nach Europa.

Kapitel 5

schwangere Herren und Damen

Teil 1
Der schwangere Herr – ein männlicher Alptraum oder Dystopie

In unserer Gesellschaft gibt es eine ganz bewundernswerte Fehlentwicklung. Während die Anzahl schwangerer Herren immer mehr zunimmt, nimmt die Anzahl schwangerer Damen proportional ab. In Summe stimmen die Schwangerschaften also. Nur im finalen Abschluss der Schwangerschaften hapert es, also bei den Männern. Bis jetzt! Denn bis heute bringen dummerweise nur Frauen die Früchte männlicher Lenden zur Welt. Das Problem würde sich auch dann nicht lösen lassen, wenn Wissenschaftler dafür sorgen könnten, dass auch Männer zur Niederkunft imstande wären. Erstens wäre das Gejammer, man erinnere sich an das Theater bei Männerschnupfen, kaum auszuhalten. Und zweitens stellt sich die Frage, ob da wirklich Babys zur Welt kommen würden, denn schließlich formten Bratwürste und Bier die Bäuche und nicht menschlicher Nachwuchs. Addierte man jedoch eins zu anderen.... Aber solche Leiber will sich, glaube ich, gar niemand vorstellen. Das besäße das Potential, Männer ab 40 aus dem gesellschaftlichen Leben auszuschließen. Daher ist es viel wahrscheinlicher, dass die natürliche Evolution irgendwann dazu führen würde, dass schwangere Herren mit Würsten und Flaschen niederkommen würden.

Die Saisonlosigkeit würde die Männer in eine endlose Zirkulation stürzen, in einen Kreislauf von Grillplatz und Kreißsaal, von Wurst rein und Wurst raus.

Man will sich da gar nicht ernsthaft hineindenken. Stellen sie sich Männer im Kreissaal vor. Überglücklich kloppen sie nach der Niederkunft verschwitzt auf ihre Bratwurst ein, um herauszufinden, ob sie gesund ist. Dr. Metzger: "Gratuliere mein Herr! Es ist eine Original Thüringer. Und lassen Sie mich nachsehen, ja, alle Zipfel sind dran." Oder es klingen entzückte Rufe der Hebamme aus der Entbindungsstation, wie zum Beispiel "Oh wie entzückend. Es sind Zwillingswürste. Was für eine zarte Haut."

Kritisch wird es, wenn der preußische Grillnachbar der Geburt beiwohnt und so entsetzliche Worte vernehmen muss, wie: "Was für hübsche Bayerische Weißwürste. Wo haben sie die nur her?"

Oder die jüdisch-orthodoxe Gemeinde stellt fest, dass ihr grillendes Oberhaupt keine Halal-Geburt hatte.

Auch das Leben der Frauen würde sich verändern. Mit den Worten: "Liebling. Ich glaube es geht los." kaufen sie zeitnah Curry- und Knoblauchsauce, Baguettes, bauen den Grill auf und laden die Nachbarn zum Abend ein. Bei echten Babys ist das irgendwie anders.

Auf den Standesämtern wären die am häufigsten vergebenen Namen "Würstel von Bern, Bräti Käse, Origi von Thüringen oder Knacki Schinkenmantel".

In der Zeitung tauchen Kolumnen auf, die darüber diskutieren, ob man solche Namen zulassen sollte oder ob es sinnvoll ist, bei den Geburtsdaten des wiedergewonnenen Radeberger Pilses das Endverbraucherdatum mit anzugeben.

Wenn Männer mit der Gleichberechtigung übertreiben.

Alle Geburtshelfer müssten dann eine Zusatzausbildung als Lebensmittelkontrolleure absolvieren.
Der Verband der Veganer würde Bratwurst-Verhütungskonzepte veröffentlichen und Flyer herausbringen, auf

denen Forderungen nach kostenlosen Abtreibungen prangen. Die UKRC (Umwelt- und Klimarettungs-Church) stellt klar, dass nur CO2 neutrales grillen zulässig sein dürfte.

Der Verein der neu gegründeten gemeinnützigen Wurstarier würde alternative Lebensweisen verkünden, ganz nach dem Motto "Iss nur, was vom Grill heruntergefallen ist. Trinke niemals das Bier eines anderen Mannes."

Die Neugeborenen würden kein Namensbändchen mehr er-halten, sondern ein Etikett. Sie würden auch nicht mehr in weiche Decken gehüllt, sondern in Frischhaltefolie, nach Haus getragen von strahlenden Männern.

Feministen Verbände würden fordern, die Ehefrau zur Mitbratwurstbratende zu deklarieren und die Politik wäre für eine 50%ige Frauenquote am Grill, aber nur bei den besseren Würsten. Männerverbände würden sich dafür einsetzen " Die Bratwurst" in "Der Bratwürst*Er" umzubenennen, weil Männer am Grill durch die Frauenquote jetzt zu wenig wahrgenommen würden.

Männer mit Waschbrettbauch gelten dann als unfruchtbar und haben ein Anrecht auf psychologische Betreuung, bei der ihnen Ernährungsberater aus dem Hause „Pommes mit Nutella" Tipps und Tricks dafür geben, wie sie das Waschbrett am schnellsten wieder loswerden.

Männliche Verbrecher mit dicken Bäuchen werden verurteilt, jede zweite Geburt der Gesellschaft WNB "World-Needs-Bratwurst" zu spenden und an Badeständen gäbe es Areale mit dem Schild "Zutritt nur für schwangere Herrn. Montags und mittwochs Ausleihe von Zapfanlagen und Grillzubehör zum halben Preis. Gruppen- und Wassergeburten verboten."

Da muss man sich ernsthaft fragen, ob man wirklich möchte, dass Männer auch Nachwuchs produzieren dürfen. Und daher trete ich für die männliche anonyme Geburt ein und für Verpackungshinweise mit der Aufschrift: Für Restalkohol und Leberverfettung fragen Sie ihren Braumeister oder Schlachter.

„Schatz! Wir sind schwanger."

Unruhig wälzte er sich im Bett hin und her. "Herr Doktor, ich kann machen was ich will. Mein Bauch wird immer größer, Ich habe aus lauter Verzweiflung bereits Obst und Gemüse weggelassen. Was fehlt mir denn um Gottes willen?" Er zog sein Hemd hoch, um dem Arzt zu verdeutlichen, wo sein Problem zu verdeutlichen. Dieser untersuchte zunächst mit dem Ultraschallgerät seinen Bauch und zückte dann das Stethoskop. „Der Fall ist klar!" meinte er. „Sie brüten eine Zwillingsschwangerschaft mit Bier und Bratwurst aus." Er hielt dem staunenden Mann, dem der Unterkiefer heruntergefallen war, die Kopfhörer des Stethoskops an die Ohren. „Hören Sie nur, wie es bereits zischt und brutzelt." Ihm wurde schwindelig und die Welt begann sich zu drehen. Wie würde seine Frau darauf reagieren? Sie hatte ja noch so viele Pläne. Gehörten Bratwurst und Bier nicht zusammen? Und waren sie dann eigentlich zu dritt oder zu viert?

Teil 2
Sie bekomm(t)en ein Kind

Mitten hinein in den hochgeistigen Prozess zur Lösung dieser schwierigen Probleme kam ein störendes Geräusch. Und bevor er sich dafür entscheiden konnte, ob er noch träumte oder ob das jetzt Realität war, schälten sich einige unangenehm hohe Töne in sein Bewusstsein. "Geht weg. Ich verändere gerade die Welt mit Bratwürsten und Bier." brummelte er mit einer verscheuchenden Handbewegung vor sich hin und drehte sich nochmal um, wobei er sich im Halbschlaf genüsslich die Decke über die Ohren zog.
Die nervigen Töne gingen jedoch nicht weg. Vielmehr formten sie sich zu ganzen Worten und zu energischen Sätzen die langsam in sein Hirn drangen. "Wachst du jetzt bitte endlich auf!" Plötzlich wurde es ihm kalt. Seine Decke hatte sich mit einem Ruck verflüchtigt. Schlaftrunken richtete er sich auf und schaute auf die Uhr. "Mein Gott Schatz, es ist mitten in der Nacht. Warum ist das Licht an und was machst du für ein Theater?" gähnte er. Seine Frau saß aufrecht neben ihm im Bett. "Mausibär, ich

glaube es geht los. Ich habe Wehen und die Fruchtblase ist geplatzt." Jetzt war er hellwach und verstand plötzlich seine Alpträume. "Was es geht los?" wiederholte er in Frageform und blieb sitzen. Seine Frau überlegte kurz, ob ihr Studien bekannt seien, die den Zusammenhang von weiblichen Geburtswehen und sinkendem männlichem Geisteszustand untersucht hatten. Dann stand sie auf: "Ich ziehe mich an und kontrolliere nochmal die Reisetasche, damit ich im Krankenhaus alles dabeihabe. Dann fahren wir los." Als sie kurz darauf im Schlafzimmer nach ihm schaute, war er gerade dabei, seine Hose zu bügeln. Ihr fiel die Kinnlade herunter: "Was machst du denn da?" fragte sie. Was auch nicht viel geistreicher war, als seine Wiederholung. "Das siehst du doch. Ich bügele meine Hose." Er schaute sie verständnislos an. Was gab daran nicht zu verstehen? Sie bekam ein Kind und er bügelte deswegen seine Hose. "Und warum tust du das?" staunte sie. Dass er das jetzt auch noch erklären musste: "Du erinnerst dich bestimmt. Der Chefarzt hatte bei der letzten Schwangerenberatung mitgeteilt, dass Männer nur dabei sein dürfen, wenn sie ordentliche Kleidung tragen." Sein Blick wirkte etwas panisch und ratlos. Er hatte sich monatelang auf diese Situation vorbereitet und jetzt fühlte er sich dennoch überfordert und nächtlich überrannt. Seine Frau schüttelte den Kopf und zog jetzt härtere Seiten auf: "Schatz! Damit war nicht die Bügelfalte gemeint! Zieh jetzt deine Jeans an und komm! Oder willst DU das Kind entbinden?"

Er beschloss, dass er das unter keinen Umständen wollte, also entbinden, die Hose schon. Dann ließ er wie von der Tarantel gestochen, plötzlich ließ alles stehen und liegen, sprang mehr in seine Hose, als dass er sie anzog, übersah,

dass sie einen Reißverschluss hatte, zog das Bügeleisen noch schnell aus der Steckdose und schnappte sich die beiden großen Taschen. Dann hastete er seiner Frau hinterher, die bereits im Treppenhaus, im für Schwangere charakteristischen merkwürdig langsamen Watschel- und Humpelschritt, eine Etage weiter unten war. Dann rannte er noch mal hektisch zwei Etagen zurück, um den Schlüssel abzuziehen und erreichte mit Schweiß auf der Stirn fast gleichzeitig mit ihr die Haustür. Seine Frau bemerkte beim Anblick ihres knapp vor dem Herzinfarkt stehenden Ehegattens lakonisch: "Wenn du mir abklappst, muss ich dich zurücklassen. Ich gehe jetzt jedenfalls ein Kind zur Welt bringen." Er grinste nur idiotisch über das ganze Gesicht und ignorierte ihre Spitze: "Juhuu. Wir bekommen ein Kind." rief er laut und drückte sie fest ab, wobei er weit abgespreizt stand und sie weit vornübergebeugt abdrückte, um den Bauch nicht zu berühren. Er hatte die Assoziation zu einer Zahnpastatube: Wenn man draufdrückt, kommt Zeug raus. Männer können schon ganz schon dämlich sein. Erstmal war das schon seit Monaten bekannt und kam also überhaupt nicht überraschend, Zweitens Was sollte es sonst sein, außer ein Kind und wenn auf den Bauch drücken eine Geburt beschleunigen würde, dann wäre das bekannt, nicht wahr? Und Drittens können Männer keine Kinder bekommen, also gab es in dieser Lesart auch kein WIR. Man kann verstehen, dass Frauen, wenn die Wehen einsetzen, für diese Art der Kommunikation keinen Nerv haben.
Jedenfalls rannte er mit beiden Taschen voraus zum Auto, was zeitlich nur etwas gebracht hätte, wenn seine Frau auch so schnell wie er gewesen wäre. Außerdem hätte er sie besser stützen sollen, als davon zu laufen.

Sei es wie es sei. Jetzt fuhren sie zum Krankenhaus. Als seine Frau feststellte, dass die Wehen alle fünf Minuten kamen, stellte er fest, dass nur Idioten auf der Straße unterwegs waren. Sie fuhren zu langsam, starteten zu spät an der Ampel, fuhren unerhörter Weise genau die vorgeschriebene Höchstgeschwindigkeit, guckten beim Abbiegen übertrieben nach Radfahrern und überhaupt: Warum lagen die nicht im Bett, statt permanent seinen nächtlichen Nottransport zu behindern. Er hatte es eilig und mordsmäßiges Kopfkino. Wenn die Fruchtblase geplatzt war, würde sein Kind wegen denen bald auf dem Trockenen liegen oder auf dem Boden des Fahrzeuges im Fruchtwasser das Seepferdchen absolvieren. Mit ständig hupend, alle Verkehrsregeln missachtend und der mehrfachen Chance, den Führerschein entzogen zu bekommen, landeten sie endlich in der Entbindungsstation im Krankenhaus. Eine fröhliche und tiefenentspannte Hebamme nahm sich seiner Frau an. Ihn wies sie auf seinen offenen Hosenstall hin. Dann bot sie ihm nach einem prüfenden Blick erst ein Beruhigungsmittel an und schickte ihn dann in ein Spielzimmer für Erwachsene, also mit Videorecorder und Filmen. Störquelle seitlich geparkt.
Wer kommt nur auf die Idee, Videos mit Naturaufnahmen stoppelhaarigen Männern hinzustellen, die gerade Papa werden. Also saß er, die Schrankwand mit dem Fernseher verächtlich ignorierend, auf einem Plastikstuhl und begann nach endlos langen drei Minuten hin und her zu laufen. Die Hebamme erlöste ihn von seinem Zellenrundgang, indem sie ihn zu seiner Frau brachte. Ihre Wehen hatten aufgehört, sodass es jetzt galt, sich in Geduld zu üben. Eine Gabe, welche ihm im Überfluss nicht gegeben war. Danach ging es los mit einem großen Ball, auf den sie

gesetzt wurde, einem Wasserbad zur Entspannung und Atemübungen um loszulassen; also nicht seine Frau. Um ihn ging es ab hier nicht mehr, obwohl die Hebamme auch schon stärkere Vertreter des starken Geschlechts als ihn vom Boden gekratzt hatte. Es ist also nicht ganz unmöglich, der Frau die medizinische Versorgung während der Geburt abspenstig zu machen. Das beginnt schon vor der Geburt. Das richtige Geburtsatmen hatte er gemeinsam mit ihr schon im Schwangerenkurs gelernt. Gefährliches Zeug, wenn Sie mich fragen, weil Mann als nichtniederkommender außenstehender Mitatmer und -hechler früher oder später mit Sauerstoffvergiftung einfach umfällt. Das kommt gleich nach Männerschnupfen und liegt in seiner katastrophalen Wirkung gleichauf mit Schluckauf beim Junggesellenabschiedspartybierwettsaufen.

Wer nicht durch Sauerstoffüberschuss umfiel, hatte zumindest eingeschlafene Beine und Blutstau. Auf dem Boden sitzend eine Entlastungshaltung für eine übergewichtige kugelrunde Frau zwischen den Beinen aufrecht zu erhalten, gehört zu den Dingen, die bewusst nicht in Eheverträgen auftauchen. Zusammenfassend musste er feststellen, dass Schwangerenkurse für Männer so etwas wie vorgeburtliche Racheaktionen der "Noch-Nicht-Gebärenden" waren. Die Kursleiterinnen führten bei seinem Kurs die holde Männlichkeit systematisch an ihre physischen Grenzen. Sie ließen sie idiotisch wie Hunde hecheln, was nach kürzester Zeit mit Kreislaufstörungen und unentdeckten Thrombosen endete. Währenddessen saß die holde Weiblichkeit entspannt auf einem Ball herum. „Klasse Schatz, dass wir etwas gemeinsam machen."

Dem Nachwuchs bereits ab 10 cm Körpergröße etwas vor-
zusingen, festigt die spätere Bindung und schützt vor vor-
zeitigem Aufenthalt im Altersheim.

Ich glaube, es wird langsam ernst, drang die Stimme der
Hebamme wie durch eine Wand an sein Adrenalin verne-
beltes Gehirn vor. Nach einem Entspannungsmittel, also
für seine Frau (nicht für ihn), setzten die Wehen wieder
ein und die Abstände wurden immer kleiner. Inzwischen
war es bereits erneut Nacht geworden. Er hatte in einer
Dauerbegehung alle Gänge des Krankenhauses gesehen
und sämtliche Baumängel im Geiste bereits aufgenommen. Mehrere Wasserflaschen hatten aus Langeweile das
Zeitliche gesegnet und jetzt war es soweit. Seine Frau und
er waren in den Entbindungsraum gebracht worden, wo

im Nebenraum eine Russin, um ihr Leben brüllte. Das ist nicht nur in Russland üblich und soll helfen, den Geburtsschmerz erträglicher zu machen. Deswegen flucht man auch, wenn man sich einen Finger einquetscht oder ein Ziegelstein auf der kleinen Zehe landet. Es konnte einem Angst und Bange dabei werden. Ihn hatte man jetzt ans Kopfende verfrachtet. Dort konnte er vermutlich den wenigsten Schaden anrichten und stand nicht im Wege herum. Er saugte lautstark viel zu viel Luft ein und schnaufte wie ein Asthmatiker beim Anfall mit seiner Frau um die Wette. Wie im Schwangeren-Survival-Camp erlernt, röchelte er im gleichen Rhythmus wie seine Frau, und versuchte sie im Rücken zu stützen. Vermutlich bewirkte er nicht mehr damit, als ein mittelalterlicher Ritter, der während der Schlacht mit Durchfall auf dem Freischwinger festsitzt. Mehrere Stunden kämpfte seine tapfere Frau, bis ein kleines Köpfchen vorsichtig nachschaute, ob die Luft rein war und als keine sozialistischen Kampflieder erklangen, sich ins Leben kämpfte. Die ganze Anspannung und Sorge lösten sich schlagartig auf. Die Hebamme drückte ihm eine merkwürdige Schere in die Hand und fragte, ob er die Nabelschnur durchschneiden wolle. Als er daran herumsäbelte wie ein Metzger mit stumpfem Messer an flutschigen Innereien, fühlte es sich wie ein voller Benzinschlauch an. Und kurz kam ihm ein Bild von einem im Garten herumtanzenden Wasserschlauch in den Kopf. Das neugeborene Mädchen holte tief Luft und gab einen kurzen Schrei von sich. Die Hebamme hielt es in warmes Wasser und säuberte es, zeigte es dann dem Kinderarzt und sorgte noch für einen letzten Schock, als sie die Zehen und Finger des kleinen Mädchens durchzählte und verkündete, sie seien vollzählig.

Das Gefühl kann jeder nachvollziehen der zum Arzt geht, weil ein Pickel nicht weggeht und am Schluss verkündet bekommt, er könne jetzt aufatmen, denn es sei kein tödlicher Krebs. Mit den Worten der Hebamme: "Mein Gott hat das Kind große Füße." war die Geburt dann beendet. Er war zum ersten Mal in seinem Leben Papa geworden und die Bewunderung für die Kraft und Stärke, mit der seine Frau ihr erstes Kind zur Welt gebracht hatte, konnte größer nicht sein. Überhaupt schaute er Mütter jetzt mit anderen Augen an. Während seine Frau erschöpft einschlief und das Baby an ihrer Brust auch, überließ er die beiden den kundigen Händen des netten Personals und fuhr nach Hause. Das Leben konnte schon sehr aufregend sein und jetzt begann für alle ein neuer Lebensabschnitt. Ihm lief vor lauter Freude das Herz über. Als er in der Wohnung am Stubenwagen stand, griff er zum Telefonhörer und rief alle Menschen an, die er kannte.

PS.:
Aus dem Kühlschrank verschwanden so merkwürdige Essenskombinationen wie Nutella mit Rote Beete, Salzgurke mit Malzbier oder Marmeladenbrot mit Knoblauchsalami. Stattdessen zogen wieder die schmählich verbannten Bratwürste und gekühltes Bier ein. Der Weg zum schwangeren Herrn war wieder frei.

Wissenswertes zur Geburt:

Basierend auf 100 Gramm pro Bratwurst ergibt sich eine in Deutschland hergestellte Menge von 21 Billionen

Würsten im Jahr, also von ca. 20.971.440.000 Stück. Würden sie alle Bratwürste selbst verzehren, so kämen die Deutschen pro Sekunde auf 665 Bratwürste, also 39.900 in der Minute.

Im Gegensatz dazu gibt es nur 0,024 Geburten pro Sekunde, also 1,4 pro Minute und 773.144 pro Jahr. Eins zu null für die Männer.

Damit ist klar, dass des Deutschen liebstes Kind die Bratwurst ist.

„Ein schwangerer Mann" verrücktes Zeug? In Dresden gab es im sächsischen Landtag den Antrag, Männertoiletten mit Bindeneimer auszustatten. Also liebe Männer, vielleicht hängen Bauchschmerzen nicht mit dem Essen zusammen. Sucht einen Frauenmännerarzt auf, vielleicht habt ihr eure Regel.

Kapitel 6
Warum Männer und Frauen zusammenpassen

Kennen Sie das? Sie wollen jemanden überholen, weil er vor Ihnen herfährt, wie ein dreibeiniger Hund beim Hürdenrennen. Und wenn sie dann Gas geben, erinnert der sich, dass er doch vier Beine hat und gibt Gas. Da sie als friedlicher Mensch kein Wettrennen wollen, bremsen sie ab und ordnen sich hinten wieder ein. Damit bringen sie die Fahrzeuge hinter ihnen, welche bereits aufrückten, nun ebenfalls ins Schwitzen. In Folge hupen alle, die Gelegenheit freudig nutzend, sich gegenseitig an und weisen sich mit einem Finger an der Stirn auf einen fliegenden Vertreter der Tierwelt hin. Männer und Jäger in ihrem Element. Zu allem Überfluss überholt noch, kurz vor einer Kurve, ein Oberjäger aus der hinteren Reihe gleich mehrere Autos und alle atmen erleichtert auf, weil es ohne Tote und Verletzte abging. Das ist die Geburtsstunde cholerisch dichtender Philosophen, die anderen die Welt erklären: "Mensch fahr Bus, du Idiot." brüllt es da beispielsweise vollbärtig mit Zopf aus dem Auto hinter ihnen heraus. Wahrscheinlich ein Grüner aus Berlin. Noch ein Auto weiter schimpft ein neidischer blass aussehender Glücksspielfanatiker: "Hast deinen Lappen wohl beim Lotto gewonnen?"
Einer, der vermutlich Ophtalmologist, also ein Kundiger der Augenmedizin ist, diagnostiziert lautstark "Hast wohl keine Augen im Kopf, du Blödmann!" Darauf sollte man nicht antworten. Das war nämlich keine Frage.
Die männlichen Berufsgruppen outen sich hinter ihnen, einer nach dem anderen. Sensible homosexuelle Männer

halten sich dabei zurück. Was bedeutet, wer nicht unangenehm auffällt ist vermutlich schwul.

Was ihn von jedem Verdacht befreit, da er ja selbst auf seinen Vordermann schimpft: "Erst am Steuer schlafen und dann wilde Sau spielen, so eine Arschgeige." Echte Männer fühlen sich in der Gemeinschaft der Monostichonedichter pudelwohl, das ist griechisch für Einzeiler. Wenngleich man zugeben muss, dass der künstlerische Wert dieser Aussagen, in unserer reizüberfluteten Welt zu wenig wahrgenommen wird.

Und dann stellt er fest, dass nicht der Vollhonk gemeint war, der erst schlief und dann Gas gab und schon gar nicht der Typ, der alle im Stück überholte, sondern dass man IHN meinte; IHN, IHN der selbst Opfer fremden Fehlverhaltens geworden war. Aber das hatten die Arschlöcher hinter ihnen in ihrer Dummheit nicht begreifen können. Die waren einfach zu dämlich, mit dem Klammersack gepudert, mit dem Roller einmal zu viel gegen die Wand gefahren, haben ihre Köpfe nur zum Haare schneiden und suchen immer noch die meisten Tassen aus ihrem Schrank. Da kann sich schon mal die Erkenntnis mit mühsam zwischen den Zähnen herausgepressten Worten Luft verschaffen: "Jetzt... wird... der ...Hund... in der Pfanne verrückt." Die Beifahrerin beginnt, angesichts der geschwollenen Adern auf der Stirn ihres zarten Gatten, in der Handtasche nach Beruhigungstropfen zu suchen. Während er alle Fenster elektrisch herablässt, damit jetzt auch alle am neu aufflammenden Poesiewettbewerb teilnehmen können. "Wer hat euch denn euer Auto überlassen? Der Schrotthändler? Stellt die Karren ab und lauft zu Fuß weiter!" Romantischer geht es kaum noch. Das ist zwar kein Einzeiler, aber wenn Männer ihr Adrenalin in

Laute packen, kann so etwas schon mal passieren. Der Typ im nächsten KFZ hängt seine Rübe ebenfalls aus dem Fenster und schreit gegen den Fahrwind so etwas wie: "S ah li glovorn du b Fr."

Vor 7.000 Jahren war es auch nicht anders.

Soll wahrscheinlich heißen: "Halt die Fresse und glotz nach vorn, du Frosch!" Geil, wenn man vor anderen herfährt. Die hören alles, was man von sich gibt.
Umgedreht dringen sie aber nicht durch. "Schatz, lass es doch gut sein. Du regst dich völlig unnötig auf." Versucht in diesem Fall die Frau sanft ihr Glück. Auf so eine Idee kann nur ein weibliches Wesen kommen: männliche Hormone aufhalten, wenn diese sich soeben zu voller Jagdblüte entfalten.
"Ich dachte, du bist auf meiner Seite!" bekam sie prompt ihr Fett weg und hielt dagegen: "Wir sind doch nicht im Krieg. Wir fahren zur Geburtstagsfeier von Oma."
Während dieser kurzen Zeitspanne hatte seine Aufmerksamkeit nachgelassen und der Abstand zum Schläfer, den er extra kurzgehalten hatte, war gewachsen. Das hatten die Lottoglücksfee und der Zopfbärtige ausgenutzt, um vorbeizuziehen und grinsend mit dem Stinkefinger zu grüßen.
Soweit die Ausgangslage:
Das war der Gipfel der Frechheit. Er hing den Kopf zum Fenster hinaus, kam bei 90 kmh dadurch leicht ins trudeln und brüllte aus Leibeskräften, also so mit gefühlten 125 Dezibel, was dem Startgeräusch einer Concord entsprochen hätte: "Das war mein Sicherheitsabstand, ihr Neandertaler! Euch würde ich noch nicht mal ein Dreirad fahren lassen!" So berechtigt und sachlich, ihm diese Bemerkung auch schien, selbst wenn die beiden Fahrer versucht hätten, ihn zu verstehen, hätten sie höchstens: "D me abst nean ich mal rad en." verstanden. Als ihm das bewusst wurde, fing er vor Wut an zu hupen. Die vor ihm drückten aus reiner Boshaftigkeit ebenfalls auf die Hupe (keine Ahnung warum, wahrscheinlich nur um dagegen

zu halten) und die dahinter protestierten gegen das Ge-
hupe, indem sie ebenfalls hupten oder zumindest Licht-
hupe gaben. Noch weiter hinten dachten die Autofahrer,
dass es einen Unfall gegeben hätte und machten ihre
Warnblinkanlagen an, was wiederum einen Streifenwagen der Polizei am Ende der Fahrkolonne dazu veranlasste, Blaulicht und Sirene einzuschalten, um in einem
Wahnsinnsakt auf der Gegenspur nach vorn zu rasen. Der
Lärm war derart groß, dass in einem nahegelegenen Bau-
ernhof, alle Karnickel mit Herzinfarkt auf die Seite kipp-
ten, was noch zu monatelangem Schadensersatzstreit mit
der nächsten Polizeiwache führte.
Vorn angekommen, stoppte die Streife den ganzen Zug
und befragte den Schlafwagenführer des ersten Wagens.
Im Zuge der Ermittlungen konnten dann fast alle weiter-
fahren. Lediglich der grüne Brüllzopf mit Bart, die Lott-
ofee und unser Held blieben zurück und kamen sich jetzt
näher. Jeder beschimpfte jeden schuldig am Chaos gewesen zu sein, Fäuste wurden drohend geschwungen und
ein Gebaren wie bei balzenden südbrasilianischen Brüll-
affen zelebriert. Die Polizisten beruhigten aber die Situation mit Bußgeld und angedrohter Mitnahme aufs Revier.
Am Ende ließen sie die Streithammel einzeln ziehen. Zumindest einer von ihnen verpasste einen Geburtstagsku-
chen und unterhielt die Geburtstagsgesellschaft den ganzen Abend mit den Erlebnissen seiner Anreise. Die Frau
hatte inzwischen die Rundtour **mit Auto** durch Irland gegen einen Wellnessurlaub **ohne Auto** an der polnischen
Ostsee umgebucht. Am Ende des Tages fuhr SIE nach
Hause, nachdem sie ihm nicht nur reinen, sondern auch
echten Wein eingeschenkt hatte, um ihn vom Lenkrad

fern zu halten. Wer will da noch behaupten, dass Männer und Frauen nicht perfekt zusammenpassen?!

Wissenswertes:
2020 gab es in Deutschland 2.245.245 Verkehrsunfälle, von denen nur 15.237 auf Autobahnen passierten. Jeder tausendste Unfall endete tödlich wobei die meisten Opfer zwischen 5 und 28 Jahren waren. Weltweit sterben täglich 3.700 Menschen.
Fest steht, dass Frauen sicherer fahren als Männer. 2020 hatten jedoch 84,4% der Männer aber nur 77,9% der Frauen einen Führerschein. Es sind außerdem mehr Autos auf Männer, als auf Frauen zugelassen. Bei der Auswahl sind Frauen praktischer veranlagt, während für Männer mehr der Spaßfaktor zählt.

Kapitel 7

Der Elefantenritt

Wer eine Reise macht, kann was erzählen. So heißt es zumindest. Doch Hand aufs Herz, wer will sich schon die Urlaubsbilder Dritter anschauen? (Jetzt bidde of sächssch weidörlesen. -- Okay. Ich versuchs.) De Muddi of der Promenade, dör Vadi mit Bier am Strand, de Mutti vor nem Kleiderladen, dör Vadi mit senner dicker Wanne of der Liesche und noch ä mol de Muddi mit nem annern Mann beim danzen während dör Papa mit annern Männern scho wider beim Bier do rum hockt. Do is mer doch echt fruh, wenn of dem Bigtschor emol wos bassiert. Zum Beispiel wenn ä Off der Muddi de Bonane glaud. (genug mit sächsisch)

Elefanten sind kluge und sensible Tiere, die sich Jahrzehnte erinnern können. Man kann sie sich angucken aber auch auf ihnen reiten. Bei Letzterem möchte ich denjenigen sehen, der daran denkt, woran der Elefant wohl gerade denkt oder woran er sich erinnert. Es gibt nämlich menschliche Wesen, bei denen man mehrere herkömmliche Wagen übereinander stapeln muss, um deren Gewicht zu ermitteln. Da hat sich schon manch ein Reitelefant einen Rollentausch gewünscht. Andere Elefanten bekamen einen halben kreischenden Kindergarten auf den Rücken, direkt hinter ihre großen Ohren, gesetzt. Für den sensiblen gefühlvollen Elefanten muss das doch dasselbe sein, wie eine Maus oder Spinne für ein Frau, die auf dem Stuhl steht und um Hilfe ruft oder einen Mann, wenn er den Nachbarn eingeladen hat und feststellt, dass das Bier aus ist. Also richtig richtig fürchterlich!

In Sri Lanka leben noch viele Elefanten in freier Natur. Manche haben aber das zweifelhafte Vergnügen, Touristen durch die Gegend zerren zu müssen. Eine Tour führt durch den Urwald ein steiles Bachbett hinauf, bis zu einem Wasserfall. Wer da nicht hinten heruntergerutscht ist, hat spätestens bei dem Rückweg ein Problem und bedauert, dass bei Elefanten die Ohren falsch herum auf dem Kopf sitzen. Wären sie anders herum, könnte man die Füße in die Ohren stecken und sich somit abstützen. Der vorsichtig auftretende Elefant hat aber im Bachbett ein Problem mit seinen großen Füßen. Jeder zehnte Schritt rutscht ab mit der Folge, dass sowohl der touristische Fettwanst als auch der Kindergarten einen Schups erhalten, so als ob sie auf einem mechanischen Rodeo-Stier-Tier sitzen. Die Versuche sich festzuhalten, wo es doch nur Ohren und eine Decke mit Strick gibt, sind urkomisch. Wenn Elefanten lachen könnten, hätten sie wahrscheinlich Tränen in den Augen, was dann tatsächlich zum Abwurf führen würde. So aber, sind sie durch einen Witz der Natur gezwungen, ernst zu bleiben. Ich glaube nicht, dass sie ihre quiekende Last ernst nehmen. Sie erinnern sich aber

an die unfähige Ladung. Bei dieser Tour geht es nach dem Wasserfall durch die Landschaft bis zu einem Wasserloch oder kleineren See. Dort gibt es eine Pause, bei der die Touristen picknicken oder mit den Tieren baden gehen können. Die allermeisten gehen mit den Tieren baden. Eine Abkühlung und ein Abenteuer, dass sich nur wenige bei der sommerlichen Hitze entgehen lassen. Nur die Familienfotografen bleiben an Land.

Da schlägt die Stunde der Elefanten sich zu revanchieren. Zu Beginn wurden sie von den Quälgeistern aus Übersee gefüttert, dann stundenlang genervt und jetzt haben sie noch nicht mal im Wasser ihre Ruhe. Ich glaube, Sie ahnen bereits, was jetzt kommt. Jedes Lebewesen hat eine Verdauung und Elefantendärme sind 3600-mal größer als die einer Katze, umfassen 18 Liter Urin und können bei afrikanischen Tieren zwischen 140 und 180 Kilogramm Kot produzieren. Indische Elefanten bringen bis zu 234 Kilogramm zusammen.

Es kam also, wie es kommen musste. Die Elefanten erinnerten sich daran, was es bei der letzten Tour für ein Chaos und immensen Spaß gegeben hatte und vergaßen sich unsittlich. Einer machte den Anfang und alle machten mit. Innerhalb kürzester Zeit planschten die Badegäste nicht mehr im sauberen Wasser, sondern in einer braunen stinkenden Brühe herum. Die erfahrenen Elefantenführer taten so, als sei das noch nie passiert und feixten sich heimlich eins. Im Wasser jedoch war die Hölle los. Alle wollten nur noch an Land. Die an Land sahen das jedoch anders. Es ist erstaunlich, wie viele Menschen mit einer Hand schwimmen können, weil sie sich mit der anderen die Nase zu halten. Nach fast zehn Minuten stand eine stinkende und fluchende Menge am Ufer, die auf die gegenüberliegende Seite wollte, wo das Wasser noch sauber war.

Jedoch mussten zunächst die Elefanten aus dem Wasser geholt werden, die sich genüsslich Zeit ließen. Bis alle auf der anderen Seite waren, hatte die Sonne ihr Werk getan und alle getrocknet.

Also, wer behauptet jetzt noch, dass Urlaubsberichte von Bekannten und Freunden langweilig seien? Sie müssen nur nach dem fragen, was sie eigentlich wissen wollen und die anderen nicht erzählen.

Für viele prägte sich auch die Heimfahrt ins Hotel als besonderes Erlebnis ein.

Danach begab sich eine Truppe auf den Rückweg, um die jeder Skunk, also ein amerikanisches Stinktier, einen Bogen gemacht hätte.

Wissenswertes:

Im Jahr 2019 gab es circa. 1,5 Milliarden internationale Touristen. Etwa die Hälfte davon reiste nach Europa. 1950 waren es nur 25 Millionen. Das meiste Geld geben heute die Chinesen aus. Danach kommen die USA und Deutschland. Die wenigsten Touristen hatte der karibische Inselstaat Montserat mit ca. 1000 Besuchern.

Kapitel 8
Väter Teile 1 – 3
Teil 1

Sind Sie gern Vater? Eine Rede ins (musikalische) Gewissen.

Also ich bin gern Vater. Da ist doch in der Bude immer was los. Das beginnt schon in der Schwangerschaft, wenn die kleinen Gurkenhälse noch gar nicht auf der Welt sind. Da reden plötzlich erwachsene Männer mit dem Bauch ihrer Frau, was sie noch nie vorher taten oder singen ihrem Bauchnabel etwas vor. Es soll schon vorgekommen sein, dass Männer mit dem Ohr am herausgewölbten Bauchnabel hängen geblieben sind, sich dabei schwer verletzten oder mit dem Bart festspickten. Dabei bilden sie sich ein, sie könnten durch ihr Schwangerschafts-Voodoo ein musikalisch begabtes (und auch ansonsten) ein Wunderkind erzeugen, welches eine besonders tiefe Beziehung zum Papa aufbaut. Doch versetzen Sie sich experimentierhalber in die Lage des Kindes. Wenn Sie dieser irrigen Annahme anhängen, dann stellen Sie diese Selbsterfahrung doch bitte zuhause einfach mal nach. Sie tauchen in einer gut gefüllten Badewanne unter die Wasseroberfläche. Vorher bitten Sie jemanden, dann eine dicke Decke darüber zu legen, die die Außenhaut der Gebärmutter simuliert. Darüber kommen viele kleine Rohrleitungen, also Adern, in denen es blubbert. Dann kommen wieder drei Decken, welche die Epidermis, Dermus und Subcutis der weiblichen Haut präsentieren. Das Ganze garnieren Sie mit leichten Donnerschlägen gegen die Badewanne. Das ist das Herz. Soweit die Ausgangssituation. Hatte ich erwähnt, dass die Badewanne mit jedem Tag kleiner wird und Sie unter Wasser sind?

Sind sie jetzt gedanklich unter Wasser? Okay. Und jetzt kommt jemand zur Badtür herein, der nicht singen kann und beginnt von außerhalb durch all den Lärm hindurch auf sie einzuplärren. Das ist schlimmer als free jazz, gemixt mit Heino, black metal und den Silbertaler Heidelärchen. Dieses Trauma wird das Kind nie wieder los, besonders weil der grauenhafte Sänger täglich wiederkommt. Ganz ehrlich, würden Sie deswegen eine tiefe Bindung zu ihm aufbauen? Nein! Ganz im Gegenteil, oder?

Und jetzt? Jetzt legt er auch noch seine Hand auf den Babybauch und freut sich, weil das Baby dagegen trampelt. Aber doch nicht vor Freude!!! Egal, was die Hebamme sagt!! Klar, das Kind reagiert auf Stimme und Hand, doch nicht vor lauter Genuss! Es gibt eigentlich nur zwei Möglichkeiten, warum es strampelt: ihn vertreiben oder sich abwenden. Im schlimmsten Fall erdrosselt es sich aus lauter Verzweiflung mit der Nabelschnur. Glauben sie mir, das positive Gerede der Hebamme soll nur den Mann bei Laune halten, weil die Frau sich zum Frühstück jetzt Honig auf die Senfgurken schmiert.

Männer, welche dann der Geburt beiwohnen, berichten, dass das Kind schreit, wenn es zur Welt kommt. Klar, es erkennt den Sänger.

Da wundert es nicht, dass das Kleinkind sich in den ersten drei Jahren mehr auf die Mutter fixiert als auf den Vater. Wenn er in dieser Zeit vorsingt, kann er sich fast sicher sein, dass das Kind sich schlafend stellt, damit er eher geht.

Frisch gebackene Väter sind aber auch nicht viel besser als Werdende. Sie packen ihren Nachwuchs wie Frauen in Tücher und hängen sie sich vor die Brust. Dabei hat das seinen Hintergrund darin, dass das Baby in der Nähe der Nahrung gebenden Mutterbrust ist. Na dann viel Spaß, ihr Männer, bei dem Versuch der Fütterung. Das Kind wendet sich mit 100 prozentiger Sicherheit angeekelt ab. (Gut, heutzutage gibt es Zeitungsberichte, in denen ein Mann ein Kind zur Welt brachte und jetzt stillt und eine Frau das Kind gezeugt hat. Aber dann war sie vorher ein Mann und er vorher eine Frau. Womit dann bewiesen wäre, dass die ganze angebliche Geschlechtswechselei nur Optik und ansonsten Nonsens ist. Das Abgeschnipsel und Angenähe von Körperteilen, der Kleiderwechsel und die Hormon-Ernährungstherapie haben in Sachen Fort-pflanzung jedenfalls nichts Vollständiges gebracht und werden es auch nie, außer dass die derart Behandelten jetzt alle komisch aussehen und sich besser fühlen. Es sei ihnen vergönnt.)

So, jetzt ist das Gurkenhälschen also da, verhindert Schlaf, nimmt Platz weg, kackt und pinkelt wie die blasen-kranke Katze überall in der Wohnung herum.
Jetzt beginnt auch der klügste Mann sich vollends zum Bummi und Blödmann zu machen. Obwohl in dem frisch geschlüpften haar- und zahnlosen Gehirn noch absolut nichts vor sich geht, so wie es bei dem neuen Lehrling in der Firma immer noch so ist, halten Väter das Kind im Museum gegen die Vitrine und erklären dem geistig un-befleckten Hohlraum die Funktionsweise der Welt oder wie in der Strömungsmechanik Diffusoren von Lüftungs-

anlagen funktionieren. Einmal erlebte ich im Freundeskreis, wie ein Vater am Bahnhof dem hochbegabten Nachwuchs im Alter von 6 Monaten eine Dampfmaschine erklärte. Der Bub hatte später Nachhilfe in den MINT-Fächern nötig.

Ich hätte ihm beinahe geraten: Sing ihm lieber etwas vor.

Komisches zwischendurch:
Stimmforscher des Leipziger Symposiums fanden heraus, dass Frauenstimmen seit 20 Jahren immer tiefer werden. Die Ursache machten sie am Wandel der Rollenbilder fest. Am Uniklinikum Leipzig behauptet man jedoch, dies läge an der besseren Ernährung.
Wie auch immer, Männer, welche ganz hoch singen nennt man -Falsettisten und ihre Stimmen Fistelstimme.

Teil 2

Ersteltern sind wie Neugeborene, sie können sich nicht vorstellen, dass es Eltern und Erfahrungen vor Ihnen gab

Der klassische Spaßfaktor entsteht beim Füttern. Einen für die Mama! Einen für den Papa! Und jetzt noch einen für die Oma. Jedes Mal gibt es beim Erwachsenen einen derart weit aufgerissenen Mund, dass jeder Zahnarzt während der Breiverteilung die aufwändigsten Operationen durchführen könnte. Der wie eine polnische Weihnachtsgans gekröpfte Erbgutträger spuckt dabei 80 Prozent wieder heraus oder lässt es auf den frisch gewaschenen Strampelanzug laufen.

So richtig entspannend wird es aber erst bei Spinat. Bei der grünen Sauerei auf dem Tisch würde jede Sau davonlaufen. Und während der Gatte verzweifelt versucht, alles wieder zurück zu stopfen, kommt prompt von der Frau die Frage: "Und, isst der Kleine alles auf?" Nur wenig später kommen andere kleine Entsetztheiten.

Die herumkrabbelnden Lieblinge werfen sich hemmungslos auf den kleinen Hund, treten auf fauchende Katzenschwänze oder ziehen daran, wie ein Bauer an der Rübe. Sie versuchen Fische im Aquarium zu angeln und hechten sich kopfüber über alle Absperrungen und Schutzbarrieren, die man errichtet hat.

Auf Parkbänken wird schnell mal ein toter Falter verschnurpst und wenn Kerzen auf dem Tisch stehen, weisen diese Bissspuren auf. Selbst Nacktschnecken dienen als klebrige Nahrungsergänzung.

Da wartet man als Mann doch förmlich auf den Auftrag, auf sie aufzupassen. Hat man zwei dieser Sorte, rennt ein Teufelchen nach links und das andere nach rechts. Wen rettet man zuerst? Gut, dass es Telefone gibt: " Schatz, welcher Quälgeist ist dir lieber?"

Wer auch immer überlebt, irgendwann wird dann auch das Essen zum Problem. Der Eine isst keine Möhren, der Andere keine Erbsen, der Eine keine Spiralnudeln, der Andere keine Bandnudeln, der Eine keine Erdbeermarmelade der Andere keinen Käse-Frühstücksaufstrich. Dann wird die Frau regelmäßig von vegetarischen (oder noch schlimmer veganen) Anfällen überwältigt oder probiert "Neues" aus. Dann ist es Zeit für die Bratwursttankstelle.

Ein Ort der kulinarischen Lebensrettung, wo sich Väter gemütlich bei einer Bockwurst mit viel Senf oder einem Schnitzelbrötchen treffen. Achten Sie darauf, sie werden lange warten müssen, bis sie dort früh um 6 Uhr morgens eine Frau treffen, die mit Wonnegrunzen in eine in Ketchup und Fett ertränkte heiße Knacker oder Krakauer beißt. Aber nicht nur dort wartet Erlösung. Bei einem Bäcker meines Vertrauens gibt es sogar "Männerbrötchen". Da entfernt man das Salatblatt vom Schinkensandwich. Tankstelle und Bäcker: zwei Orte ohne Risiko und Nebenwirkungen und fast wichtiger, als die Deutsche Lebensrettungsgesellschaft. Später wird der Vater seinem Sohn diese Orte zeigen, die dieser bis dato nur zum Tanken und Brötchen holen wahrgenommen hatte. Sie sind eben viel mehr. Und so kommen Männer ihren erzieherischen Aufgaben nach und geben die über Jahrtausende hinweg erworbenen Lebensweisheiten weiter. Oder was denken Sie, warum sie in grauer Vorzeit ihre Frauen zum Obst sammeln schickten, während sie selbst auf Jagd gingen? Der Säbelzahntiger von früher ist die Bratwursttankstelle von heute.

Teil 3

Kleine Kinder kleine Sorgen, Große Kinder große Sorgen

Die kleinen Racker werden viel zu schnell groß. Ehe man es sich versieht, widerspricht das Ei der Henne oder übt sich in Kritik, wie der in seiner Ruhe gestörte Mitarbeiter gegenüber dem Chef.

Mann kann versuchen die schnelle Entwicklung der Kleinsten mit viel Fernsehen und schlechter Nahrung, fettiger Wurst und viel Nutella zwar etwas aufhalten, aber viel bringt das nicht. Historisch gesehen, wäre das eh zu spät, dafür sind zu viele dürre weibliche Gesundheitsapostel unterwegs.

Nicht viel anders verhält es sich, wenn Mann mit dem korpulenten weiblichen Gegenstück eines Vielfraßes verheiratet ist, weil die ihr Essverhalten überträgt. Viel Grund zur Freude ist das aber auch nicht. Erfreut "Alles meins, alles meins!" auszurufen ist nur in wenigen Kulturen positiv belegt. Wer dabei begeistert in die Hände klatschend um die Rubensdame herum springt, eckt spätestens beim nächsten Besuch des Kinderarztes an. Wenn der Sprössling eine Körperhöhe von 1,30 Meter mit einem Abtropfgewicht von 80 Kilogramm vorweisen kann, gleichzeitig die Frau einen Bodymaßindex von 130/150/170 aufweist (und mit ihrer Figur jeden Sauerkrautstampfwettbewerb schon gewonnen hat, bevor er beginnt), dann macht die verzögerte Entwicklung auch keinen Spaß.

Kein Wunder also, dass familiäre Ernährung meist Frauensache ist.

Wurden die Männer von den Frauen, bei ihrer Mitwirkung zur Kindererziehung bis zum Alter von drei Jahren allein schon aus biologischen Gründen etwas vernachlässigt, so ändert sich das nach und nach.

Sie bringen dem Nachwuchs jetzt bei, was die kleinen Männlein bei der zukünftigen Jagd auf Grizzlybären können müssen: Radfahren, Ski laufen, Fußball oder Gitarre spielen für die Balzrituale am Lagerfeuer, sich rasieren, bei der Demo Fridays for Future aus Kunststoffbechern trinken und neuerdings auch sich einen Dutt zu drehen. Das kleine Frauchen braucht fast die gleichen Sachen, um zukünftig beim Früchte sammeln erfolgreich zu sein. Neben rasieren und Dutt drehen kommen lediglich noch speziell weibliche Sachen hinzu, für die dann wieder die Mutter zuständig ist.

Familienerziehung bedeutet doppelte Absicherung. Jeder bügelt die Erziehungsfehler des anderen aus oder deckt sie. Geht beispielsweise bei der grandiosen Erziehung durch den Vater etwas schief, greift die Frau ein, zum Beispiel, wenn der zarte Sprössling im Teich einbricht, der Klassenleiter zum ernsthaften Gespräch einlädt oder wenn es darum geht, den Spross der eigenen Lenden beim Kinderarzt in einen Würgegriff zu nehmen, weil er vor einer Spritze flüchten will.

Sowohl beim Klassenleiter als auch beim Kinderarzt wird der Vater allerdings immer noch weitestgehend ausgeschlossen, denn er hat, ob er will oder nicht, eine Vorbildfunktion. Themen wie brav sein in der Schule oder mutig sein beim Arzt sind leider nicht für ihn geeignet, denn die heutigen Probleme, zumindest des männlichen Nachwuchses waren auch mal seine eigenen.
Der Aufgabenbereich des Vaters liegt also hauptsächlich in der Sklavenhaltung durch Arbeitsaufgabenverteilung und dem Senken von Niveau durch herumblödeln.

Eine Familie ist außerdem keine Demokratie und so bekommt jeder Vater eine Chance dem Nachwuchs für später beizubringen, sich durchzubeißen und nicht aufzugeben. Das beginnt beim Müll raustragen, Geschirrspüler

ausräumen und Rasen mähen und endet in Arbeitseinsätzen zur Winterfestmachung von Garten und Auto. Männer sind durch ihre sprachlichere Direktheit dafür besser geeignet als Frauen. Klare Anweisungen wie "Müll!", "Rasen", "Fußboden!" oder "Katzenstreu!" umreißen scharf und deutlich die erwartete Dienstleistung. Neu ist dagegen die von Frauen eingebrachte Debattenkultur, bei der die Klügere und Ältere versucht, ihr eigenes durch Lebenserfahrung gewonnene Verständnis vorzeitig beim Nachwuchs zu wecken, dem allerdings noch der dazu notwendige Geist und die Erfahrung fehlen. Endlose Debatten über das gewünschte neue Handy, über Fernsehzeiten und Computerspiele führen allerdings zu einer neuen Art von Gemeinschaft und vertraut wirkendem Miteinander. Die einfache Anrede "Könntest du bitte mal dies und jenes tun." lässt herrliche Spielräume offen: "Nein könnte ich natürlich nicht, ich erreiche gleich mein nächstes Level." "Mache ich später." Macht das Kind aber nicht. Oder es kommt die alles und nichts sagende Antwort: "Mmmmh." Das ganze Getue führt zu mehr Kommunikation als bei der Urvariante des Mannes. Es kommt zwar oft nix dabei heraus und erzeugt verantwortungslose, unreife Faulpelze, aber dafür ist man beim Kampf um Selbstverständlichkeiten höflich und gewaltfrei.
Männer sind da oft nicht sehr hilfreich. Sie verdrehen hinter dem Rücken der Mutter die Augen, feixen und schneiden Grimassen, hebeln Verbote heimlich wieder aus, machen blöde Witze und sind fort, wenn es ernst wird.

Kapitel 9
Klassentreffen

Wer Rollenspiele liebt, muss zwangsläufig Klassentreffen lieben. Wer hingeht, wird wieder in die überwinden geglaubte Rolle des Pubertierenden zurückversetzt. Jede Klasse hat ihre coolen oder uncoolen Jungs und Mädchen. Sie sind manchmal Meinungsführer oder Mitläufer, Clowns oder Geschäftemacher, Sensibelchen oder Brutalos, Neutren oder Jungs- oder Mädchenschwarm. Jungs empfinden Mädchen in jüngeren Jahren oft als Kumpelinen oder als hässliche Entlein, die sie übersehen, da sie als "Beiboot" der Hübschen, nur etwas von deren Glanz abbekommen wollen. Manchmal ziehen sie selbst jede Menge Verehrer oder Verehrerinnen hinter sich her. Aber alle werden irgendwie in Dumme, Normalos und Streber oder Aktive, Faule oder Kluge eingeteilt. Am Ende der Schulzeit sitzen alle in den ihnen zugeteilten Schubkästen, aus denen sie nie wieder herauskommen. Dann ist es für einige, zumindest für diejenigen, die nicht gerade in der ersten Reihe der Alphas saßen, geradezu eine Erlösung, wenn sie in Lehre, Abitur oder Studium einen Neuanfang machen können. Viele blühen auf und schaffen es dann, über sich hinauszuwachsen. Im Gegenzug dessen, fallen die Erfolgsgewöhnten oft mangels Ehrgeiz im wirklichen Leben hinten runter. Wenn dann ein Klassentreffen ansteht, wollen die einen zeigen, was sie erreicht haben. Anderen ist das egal. Die, die nichts erreicht haben, erscheinen meist nicht.

Zu oft werden jedoch Berge von Alben angeschleppt und an jedem Tisch dröhnt es: "Mein Haus, meine Frau, mein

Mann, meine Kinder." Später heißt es: "Hier hatte mein Enkel den ersten Stuhlgang auf einem Topf und da machte er/sie seinen ersten Schritt." Jeder hält dem Anderen Bilder von unbekannten Wesen unter die Nase und erwartet, dass der Andere beim Anblick eines Kinderwagens, aus dem ein Allerweltsschnuller aus einem Berg von Decken, Kissen und Mützen herauslugt, in Ohnmacht ähnliches Entzücken ausbricht. Es gibt aber auch die Anderen. Die, die eine vergnügliche Feier dazu nutzen, auf die Frage: "Na, wie ist es dir ergangen?", tief Luft holen, eine bedeutungsschwere Sekunde innehalten, damit die Schwere des erlittenen Schicksals welches ihnen so absolut unverdient mitgespielt hat, um so wuchtiger auf den Frager niedergeht. Wenn dieser, durch Mitgefühl den Tränen nahe, darauf eingeht, hat sich für den Leidensträger, der sein erdrückendes Päckchen mit so viel unglaublicher Kraft durch sein Lebenstal schleppt, der Abend schon gelohnt. Generell verfallen aber alle in Sekundenschnelle in exakt die Rollen zurück, die ihnen die alten Schubkästen zugewiesen hatten. Gestandene Familienoberhäupter und Unternehmer werden wieder zum Klassenkasper und drogenabhängige Gelegenheitsjobber zum ehemals begehrten Sexidol. Vermeintlich Uninteressante stehen einsam am Rande. Die alten Gruppen finden sich wieder und selbst die alten Liebschaften hocken wieder flirtend beieinander, obwohl sie seit Jahren angeblich glücklich verheiratet sind. Bei älteren Generationen können auch Krankheiten und Zipperlein zum Abend füllenden Programm werden. Dabei wäre es doch so schön, wenn alle einfach nur einen vergnüglichen Abend miteinander verbringen würden.

Randolf hatte an den ersten beiden Klassentreffen nach je zehn Jahren nicht teilnehmen können und sich fest vorgenommen, dass 30-jährige Treffen nicht auch noch zu verpassen. Immerhin war er mit 16 in die weite Welt hinausgezogen und seit dem zwanzigsten Lebensjahr nie wieder in die alte Heimat zurückgekommen.

Als die Einladung ins Haus flatterte, war die Freude groß. Es war DIE Gelegenheit, die 150 Kilometer entfernte Stadt seiner Jugend wiederzusehen und gemeinsam mit alten Klassenkameraden in Erinnerungen zu schwelgen. Er hatte schon einiges zu erzählen und die Anderen bestimmt auch. Randolf hatte in 17 Städten gewohnt, mehrere Häuser neu- oder ausgebaut, war Abteilungs- und Spartenleiter gewesen, jetzt selbständig, hatte drei Firmen gegründet, den ersten Studentischen Hilfsdienst seines Landes ins Leben gerufen und mehrere Bücher geschrieben. Begleitet und unterstützt hatte ihn seine liebevolle Frau, mit der er drei Kinder hatte. Dann las er sich das Programm genauer durch: Besuch der alten Schule, gemeinsamer Spaziergang und Einkehr (zwei Ortschaften weiter) im Gasthof "Zum Alten Teehaus". Das Gebäude kannte er. Es stand mitten im Wald, war zuerst Gasthof gewesen, danach Betriebsferienlager und dann jahrelang ein Puff, bis er verboten wurde. Wahrscheinlich hatte jemand Verwandtschaft dort und wollte mit der Vermittlung seinen Angehörigen etwas Gutes tun.

Schule und gemeinsamer Spaziergang klangen in seinen Ohren gut. Aber hätte man nicht in der Stadt selbst einkehren können? Ein paar Gläser Wein hätte er in der Altstadt ohne Zeitzwang schon gern getrunken und danach gemütlich zu Fuß ins Hotel gehen wollen. Über die Hälfte der Leute würde vermutlich wie er gezwungen sein, ein Taxi irgendwo in die Pampa vorzubestellen. In kleiner Gruppe den Abend bei einem Absacker noch ausklingen lassen, würde vermutlich nicht möglich sein. "Genau die richtige Ausgangsbasis, um zeitig ins Bett zu kommen." dachte er sich und beschloss, sich die Option einer nächtlichen Heimfahrt offen zu lassen, also kein Hotel zu buchen. Als der Tag gekommen war, fuhr er nach dem Frühstück los und schlenderte allein durch seine Heimatstadt, besuchte das ehemalige elterliche Haus und den Park mit den drei Teichen. Dort war er beim Eishockey spielen eingebrochen und hatte nach der Schule eine Leiche gefunden. Er besuchte die Schloßinsel, wo er jahrelang samstags zum Tanz unter freiem Himmel hingewandert war und den Parksportplatz, wo manch Fußballspiel in Raufereien oder angezündeten Fahrrädern endete. Er war so in Erinnerungen versunken, dass er fünf Minuten zu spät an der Schule eintraf, wo alle schon vor der Tür standen.

Das erhoffte große Hallo blieb jedoch aus. Die meisten seiner Mitschüler waren dort wohnen geblieben, hatten sich nie aus den Augen verloren und waren jetzt im klassischen Dorftratsch vertieft. Die anderen standen in kleineren Gruppen beisammen. Also ging er von Gruppe zu Gruppe und schüttelte Hände: "Schön, dass du da bist." "Die Schule macht gleich auf.", "Kommst du mit ins Teehaus?", "Hi, lange nicht mehr gesehen." Dann war er herum und stand wieder allein da. Nicht lange allerdings, da die Tür der Schule aufschwang und eine völlig unbekannte Dame verkündete, man könne jetzt eintreten. "Sie werden enttäuscht sein." verkündete sie dem plappernden Haufen, begeistert die unfrohe Botschaft in Form einer nahenden Enttäuschung. "Sie werden nicht mehr viel

Bekanntes entdecken können, da wir komplett umgebaut haben." 'Fängt gut an' dachte Randolf. 'Als ob man seine alte Schule besuchen möchte, um die Qualität der Umbaumaßnahmen zu bewerten. Ich hätte auch gern einen der alten Lehrer wiedergesehen.'

Die Dame hatte leider zu 100% Recht. Tür für Tür öffnete sich und jedes Mal glotzten 25 Augenpaare mit dem wissend überlegenen Gehabe von Sachverständigen in ungemütliche und unpersönlich wirkende Klassenzimmer.

Am Ende erklärten alle, wie schön doch alles geworden sei. Randolf hatte jedoch niemanden sagen hören, dass die Schule vorher nicht schön gewesen sei. Für ihn war sie zu einem gesichtslosen, weiß gestrichenem Techniklaboratorium für digitale Bildungsexperimente mit ungewissem Ausgang mutiert. Nichts mehr zum Anfassen, nichts was einen Wiedererkennungswert gehabt hätte. In den Grundschulklassen hingen die üblichen Schnüre mit Krakeleien der Schulanfänger und in den höheren Klassen standen Basteleien herum, die früher im Hobbyraum des Bastelclubs ganz hinten gestanden hätten. Die ausgestrahlte Kälte und abweisende Unpersönlichkeit empfand er so ähnlich auch bei den bunkerartigen Einfamilienhäusern, die inzwischen jede Altstadtstraße zieren oder nach seiner Auffassung vielmehr zerstörten. Enttäuscht verließ er das Gebäude, fest entschlossen, weitere Besichtigungen bei späteren Treffen abzulehnen. Das machte nur seine Erinnerungen kaputt.

Als sie draußen standen, sagte eine der Frauen leise vor sich hin: "Na, ja!" und schwieg dann. Mit ihr kam er die nächste halbe Stunde ins Gespräch und stellte erfreulich/unerwartete Geistesverwandtschaft fest. Überhaupt waren es die Frauen, mit denen er sich abwechselnd und meist viel zu kurz unterhielt. Aber der Abend war ja noch jung. Im Teehaus kamen dann nach und nach diejenigen hinzu, die an der Schulbesichtigung nicht interessiert gewesen bzw. von weiter weg angereist waren. Die Organisatorin ergriff das Wort und bedankte sich für das zahlreiche Kommen und berichtete über die Probleme, an die aktuellen Adressen heranzukommen. Während sie sprach, ließ Randolf seinen Blick in die Runde schweifen. Besonders suchte er ein Mädchen namens Gabi, welches damals in seiner unmittelbaren Umgebung wohnte und die er ganz besonders gemocht hatte. Nicht dass es jetzt zu Missverständnissen kommt, ein herumliebelndes Paar waren sie nie gewesen, nur sehr eng befreundet und irgendwie sehr vertraut. Auch eine alte Schwärmerei war nicht da. Wegen ihr hatte er sogar angefangen Gitarre spielen zu lernen, nur um jede Woche auf dem Heimweg von der Musikschule die Gelegenheit zu haben, ihr näher zu kommen. Man nennt das vergebliche Liebesmühe. Manche der Männer sahen bereits derart gealtert aus, dass sie ihn im Geiste an uralte Waldgeister erinnerten, wie sie im Märchen unter Wurzeln hervorlugen. Andere schienen überhaupt nicht gealtert zu sein. Erstaunlich gut hatten die meisten Frauen die Spuren von 30 Jahren Reifeprozess überstanden. Dann wurde seine Aufmerksamkeit auf die Rednerin gelenkt, welche um Ruhe bat. Das laute Klappern der Kuchengabeln, welches eine Intensität angenommen hatte, dass er die Vermutung hegte, es handele sich eher um wütende Attacken gehörnter Eheleute auf das Kücheninventar, statt um niveauvolles Kaffeetrinken seriöser Herrschaften, ließ langsam nach und verstummte schließlich. "Wie die meisten von

Euch bereits wissen, ist unsere liebe Gabi von uns gegangen. Sie starb an ihrem Vierzigsten, als sie die Treppe zu ihrem Garten hinunterging und die Geburtstagsgäste sich gerade für ein Ständchen im Halbkreis aufstellten. Schuld war ein Blutgerinnsel im Gehirn, welches noch aus der Kindheit stammte und sich gelöst hatte. Last uns eine Schweigeminute einlegen." Randolf saß wie erstarrt auf seinem Platz. Der Schock war ihm mitten durchs Herz gefahren. 'Schon merkwürdig, ,dachte er, 'da habe ich viele Jahre an sie überhaupt nicht gedacht und jetzt nimmt mich das so mit.' Nur zehn Minuten später beherrschte wieder das wilde Tellergehämmer den Raum und noch eine halbe Stunde später klatschte das erste Album direkt vor Randolfs Gesicht auf den Tisch. Bier und Wein hatten inzwischen nahtlos Kaffee und Kuchen ersetzt. "Guck mal, das ist meine Frau mit meinem ersten Enkel." Randolf sah auf ein Winterbild mit einer erkennungsdienstlich wertlos eingemummelten Frau die einen Kinderwagen schob. Das Kind war nicht zu sehen. "Klasse, gratuliere. Wieviel Kinder und Enkel hast du denn?" Das hätte er nicht fragen sollen. Nach etwas mehr als einer halben Stunde kannte er alle Entwicklungsstadien von zwei Kindern und einem Enkel, hatte Tanten, Onkel, Großeltern und Eltern kennengelernt und gleich wieder vergessen, wurde über alle Jahresurlaube aufgeklärt, erhielt Einblick in Wohnzimmer, Kinderzimmer und Gartenhäuschen und bekam am Schluss die Einladung doch mal alle Familienmitglieder kennenzulernen. Zum Gespräch hatte Randolf irgendwas zwischen zwei und drei ganzen Sätzen beigetragen und ansonsten nur wertvolle Beiträge wie: "Schön.", "Aha.", "Soso." oder "Ah, ja." abgeliefert. Als die zwei Alben dem Nächsten überreicht wurden und er entlassen war, atmete er innerlich auf. Überstanden. Jetzt wollte er mehr darüber erfahren, was aus den Leuten so geworden war und gerade aufstehen, um den Tisch zu wechseln, als er über die Schulter angestupst wurde. "Hi, ich sehe dir geht es gut. Siehst überhaupt nicht älter aus." Mit diesen Worten setzte sich einer der ehemaligen Klassenflegel an seinen Tisch. Dabei hatte er ein Album. " Oh! Danke! Du auch nicht. Wir reden später. Ich muss erstmal wohin.", rettete sich Randolf und flüchtete vor den nächsten Bildern von Windelpaketen und Großmüttern. Er landete direkt in den Armen eines von oben bis unten tätowierten und gepiercten Punks. "Hi Randolf. Erkennst du mich noch?" grinsten ihn gefühlte 30 bis 40 klappernde farbig umpiekste Ringe an. "Wir haben uns in der achten Klasse ständig geprügelt." Randolf bedauerte, sich nicht doch dem nächsten Album gewidmet zu haben. "Stimmt, du hattest mir Kalium Permanganat in die Augen geschüttet." "Das waren noch Zeiten, was?" begeisterten sich die kryptischen Gemälde auf pickeliger Haut. "Ich wohne jetzt in Zwickau über dem Bahnhof." "Da gibt es Wohnungen?" "Ja, für die Transportpolizei. Da bin ich Unterwachtmeister." Aha, der gehört zu denen, die mich in DDR Zeiten als Student immer auf der Heimfahrt gefilzt hatten. Die Typen der Grenzpolizei hatte er gehasst. Das passte zu diesem Schlägertypen mit den damals eher unterirdischen Schulergebnissen. "Gratuliere. Gibt es die denn heutzutage noch?" "Ja, wir übernehmen jetzt andere Aufgaben." "Freut mich für dich. Entschuldige, ich muss jetzt wirklich auf die Toilette." "Alles klar, man sieht sich.", klopfte der Blechmann und Farbbeutel ihm wohlwollend auf die Schulter. Randolf trat aus dem Saal und

ging am WC vorbei vor die Tür, um kurz die frische Wald-
luft zu genießen. Karola, eine damals als unerreichbare
Schönheit wahrgenommene und immer noch sehr attraktive Frau, trat kurze Zeit später neben ihn. Es entspann
sich ein Gespräch, wie man es an einem solchen Abend
erwartet hätte. Jeder erzählt, was er in den letzten Jahren
erlebt hatte und was man gerade tut. Man nimmt für
kurze Zeit Anteil am Leben des Anderen, ohne zu tief zu
gehen, macht Scherze und stößt gemeinsam an. Randolf
erzählte ihr, dass ihr immer der Ruf vorausgeeilt war, einen viel älteren Freund zu haben und dass es keinen Sinn
hätte, sich ihr zu nähern. Karola fiel aus allen Wolken und
sah ihn perplex an. Sie hatte damals nie einen Freund und
angenommen, für Jungs nicht attraktiv genug zu sein. Bis
zum heutigen Tag sei sie solo. 'Tja, dachte er. In dieser
engstirnigen Gegend bekommt man seinen Ruf nie los.'
Dieses kollektive Verhalten war einer der Gründe gewesen, warum er sich dort nicht mehr wohlgefühlt hatte. Danach führte er noch Gespräche mit einem Herzchirurgen
und einem Dozenten. Jedoch verabschiedeten sich diese
sehr zeitig und der Rest der Truppe entfernte sich durch
Unmengen Alkoholgenusses immer weiter von interes-
santen Gesprächen, war mit flirten und Dummquatsche-
rei beschäftigt. Also verabschiedete er sich schweren
Herzens. Dieser Abend konnte ihm nichts mehr bieten.
Als er ging, hörte er im Rücken eine der Frauen zu den
Anderen sagen: "Schade! Die gutaussehenden und inte-
ressantesten Männer gehen immer zuerst." So kann man
in seiner Einschätzung daneben liegen. Vielleicht hatte er
ja doch die falsche Entscheidung getroffen. Ob er nochmal wiederkommen würde? Nach dieser Bemerkung,

vielleicht. Als Randolf kurz vor Mitternacht zuhause ankam, war seine Frau noch wach. "Ich weiß jetzt wieder, warum ich innerhalb Sachsens vogtländischen Migrationshintergrund besitze. Gott sei Dank hast du mich aufgenommen." Die beiden lachten. Dann schliefen sie eng umschlungen ein. Das nächste Klassentreffen kam bestimmt, aber dann würde Randolf versuchen, es etwas mitzugestalten.

Nerviges:

Wenn sie zum Klassentreffen gehen, studieren Sie vorher das ABC von Angeberei bis Zipperlein. Bewiesen ist, dass sich alle Menschen ändern können, außer der Klassenclown. Clown bleibt Clown. Klassentreffen geraten immer zu einem Ritual, welches man bewusst durchbrechen muss.

Kapitel 10
Komische Kunst, Theaterstücke und Flucht- konzerte

Kunst ist vielseitig und nicht immer jedermanns Geschmack. Die dümmste Frage, welche man stellen kann lautet: 'Was wird sich der Künstler dabei gedacht haben?' Ich unterstelle: die Hälfte denkt sich--- nichts! Hohlköpfe, die etwas Formen oder Malen und dabei keinerlei Aussage treffen, treffen (wider den gesunden Verstand) trotzdem immer wieder auf "sachverständiges" Publikum, welches noch hohlköpfiger ist. Die Leute geben viel Geld für das Besichtigen von „wertlosem nichts" aus. Hohlköpfe treffen Hohlköpfe oder wie meine Großmutter sagte „Auf jeden Topf passt ein Deckel". Klangkörper von Instrumenten sind hohl und tönen umso lauter herum, je mehr an hohlem NICHTS in ihnen ist, nur kommt bei ihnen etwas Vernünftiges heraus. Das unterscheidet sie von Menschen.

Auf einer Kunstmesse in Mannheim stellten solche Hohlköpfe 1993 ihren Gehirnsalat aus und die Geistesveganer kamen in Scharen, um ihnen für 25 harte Taler Eintritt, zu huldigen. Da hingen beispielsweise an einer Wand zwei Bilder: ein schwarzes mit einem weißen Punkt und ein weißes mit einem schwarzen Punkt. Die Titel lauteten "Schwarzes Bild mit weißem Punkt" und "Weißes Bild mit schwarzem Punkt". Wie spannend. Daneben standen u.a. zwei primitiv geformte Figuren in Osterinselqualität, männlich und weiblich mit den Titeln: "Figur männlich" und "Figur weiblich". Was für ein Meisterwerk!

Um die Ecke hatte jemand eine milchige Kunststoffbox mit alten defekten Rasierapparaten gefüllt. Der Titel lautete schlicht: „Box". Was hatte sich dieser Wünstler dabei nur gedacht?! Sie wissen Kunst kommt von Können und nicht von Wollen sonst würde es Wunst heißen. Das teuerste Ausstellungsstück, war jedoch ein Holzkasten mit Stegen, in die jemand ein gebratenes und konserviertes Ei geworfen hatte. Daneben hing eine alte Leinenhose mit Löchern. Zeit für Sachverständige, denn für den Normalbürger ist das zu hoch.

Eine ganze Halle war mit diesen sinnfreien und hohlen Blödsinn gefüllt. Dennoch standen überall bewundernde Menschen herum, die sich gegenseitig die merkwürdsamen Kunstwerke erklärten, beim Anblick in verklärte Meditation versanken oder mit nickendem Sachverstand die Fähigkeiten des Meisters und der Meisterin analysierten.

Ein Außerirdischer, der diese Wunder moderner Kunst und seine Verehrer betrachtet hätte, wäre mit dem Funkspruch an sein Schiff: „Lasst uns auf einem anderen Planeten nach intelligenten Wesen suchen!" weitergeflogen. Vielleicht hätten aber die verantwortungsvollen außerirdischen Wissenschaftler noch ein oder zwei weitere Vergleichstests an anderen Orten gemacht. Dann wären sie eventuell nach Weimar weitergeflogen und hätten das Stück " Die Wölfe" im Nationaltheater besucht. Dort rannten über eine halbe Stunde weiß-grau als Wölfe verkleidete Zweibeiner brüllend auf allen Vieren auf der Bühne herum. Im nahe gelegenen Park hätten sie Zweibeiner vorgefunden, die von Vierbeinern an einer Leine gezogen wurden und deren AA-Häufchen wegräumten. Sie hätten dann vermutlich an ihrer ersten Prognose gezweifelt und irrtümlicher weise die Vierbeiner für die Herren des Planeten gehalten.

In der Semperoper zu Dresden wäre die Verwirrung aber noch größer geworden. Dort warfen, zu Beethovens Neunter, in farbige Kartons gehüllte Gestalten auf einer schiefen Ebene gelbe, grüne, blaue und rote Kartons mit vier, sechs oder acht Ecken umher. Sie trugen auch dergestalt geformte farbige Hüte.
Mit den Kartons ging es hoch, runter, rüber und wieder zurück und alles wieder von vorn. Es war ein derartiger Krach auf der Bühne, dass die Musiker hätten getrost nach Hause gehen können. Das wäre niemandem aufgefallen. Der Jubel über dieses Meisterstück verwirrter musikalischer Innovation war überschwänglich bis frenetisch. Manch einer verließ die Krawalloper jedoch vorzeitig und machte sich Sorgen über gefährliche Viren in der Atemluft und Massenansteckungen, die das Gehirn beeinträchtigen.

Bleiben wir bei der Musik. Stücke von Mozart, Haydn oder Strauß sind nun wirklich etwas Wunderbares. Das Wunderbare wird jedoch allzu oft auf wundersame Weise zum Ereignis, über das man sich nur wundern kann.

Dann formt ein selbstbewusster Neuzeitkomponist in seiner selbstherrlichen Kompetenz die Stücke so um, dass der verstorbene Komponist verzweifelt an der Himmelspforte rüttelt, um als Racheengel auf ihn niederfahren zu können.

Susanne kam zwar aus einer unmusikalischen Familie, dennoch liebte sie Musik, sowohl gut gemachte moderne Discohits, Rockmusik als auch die alten Klassiker wie Chopin oder Schuhmann.

Als im Premierenkino um die Ecke ein berühmter Musiker angekündigt wurde, kaufte sie sich ein Ticket. Sie erwarb eine der letzten verfügbaren Karten für ein Free Jazz Konzert, eine ihr bis dato völlig unbekannte Musikrichtung. Erwartungsvoll saß sie in der Mitte der ersten Reihe. Unter lautem Beifall humpelte der Künstler etwas verspätet mit einer Trompete in der Hand auf die Bühne. Dort stand bereits ein Behälter, der von einer Folie verdeckt war. Dann kehrte Totenstille ein, der Künstler verbeugte sich in vollendeter Manier vor dem Publikum, nahm die Trompete in den Mund und entlockte ihr -- das grauenhafteste Geräusch, welches Susanne je von einem Musikinstrument gehört hatte. 'Ein ungewöhnlicher Anfang,' dachte sie, 'aber originell. Künstler sind eben oft etwas verrückt.' Es ging jedoch in dieser Art immer weiter. Hohe schrille Töne wechselten mit tieferen Jammerklängen ab, die Geschwindigkeit der Kreischtöne nahm im selben Tempo zu, wie die Lautstärke. Der Trompeter sprang dabei wie ein wild gewordenes Geißlein auf einer Wiese direkt vor ihrer Nase herum. Dann sank er mit einem letzten kläglichen Piepton, bei dem alle Trommelfelle im Raum protestierten, auf die Knie und hörte urplötzlich auf. Tosender Beifall brach aus.

„Wahren Musikliebhabern sind ästhetische Tonabfolgen egal.“

Susanne sah in ein, ihre Zustimmung erheischendes, Gesicht, auf dem sich erster Schweiß zeigte. Automatisch klatschte sie mit, und weil sie ein höflicher Mensch war, lächelte sie ihm auch noch überflüssigerweise zu. Damit hatte sie seine wiederkehrenden Blicke auf sich gezogen. In Wirklichkeit fand sie das ganze Szenario aber grauenvoll und bereute zutiefst das ausgegebene Geld. Als der Beifall abflaute, nahm der Musiker sein Tremolo der schlechten Töne wieder auf, hielt mit einem Gummi die Trompete zu, blies gleichzeitig angestrengt hinein, sodass er zu platzen drohte und schüttelte dabei den Kopf, als hätte er einen Skorpion im Nacken und wolle Kopf mitsamt Tier von den Schultern wedeln. Dann steigerte sich der künstlerische Wert. Er zog die Folie vom Behälter, welcher sich als Wasserfass entpuppte, schraubte, ohne seine Orgie der verqueren falschen Töne zu unterbrechen, das vordere Teil der Trompete ab und hing sich kopfüber in die Wassertonne. Susanne glaubte für einen Augenblick, erste Hilfe leisten zu müssen oder zumindest Zeuge eines Selbstmordes zu sein und wollte schon auf die Bühne springen, um ihn davon abzuhalten. Doch dann drangen kläglich blubbernde Hilferufe der Trompetenreste aus dem Wasser. Der Künstler tauchte mit blauem Gesicht und schwer atmend kurz auf, holte Luft und ertränkte sein Instrument erneut. Es blubberte, dröhnte, jammerte schrill aus dem Wasser, bis ihm die Luft erneut ausging. Dann kam er wild gestikulierend aus dem Wasser wieder hoch und beendete mit wilden Sprüngen und quakenden Tönen seine Unterwassermusik, mit der er jeden Fisch dazu hätte bringen können, sich freiwillig in die Blechdose mit Tomatentunke zu legen. Susanne ahnte, dass er sich einem Höhepunkt näherte und wünschte sich, einfach auf den Anhänger an ihrer Bluse drücken zu können und "Scotti, eine Person zum beamen." sagen zu können. Der Trompeter hatte sich inzwischen in wahre Ekstase gehüpft. Er hatte sich die Folie übergeworfen, sodass er nicht mehr zu sehen war und raschelte, fuchtelte und trötete wie ein akut an Angina pectoris erkrankter Elefant mit seinem Rüssel, steigerte sich zu quietschender Rüsselverengung und endete röchelnd mit Tönen, die an die plötzliche Lösung eines heftigen Darmverschlusses erinnerten. Dann kroch er völlig fertig und mit seinen Kräften am Limit angekommen, unter der Folie hervor und verbeugte sich, von der Anstrengung noch heftig zitternd, vor dem Publikum. Dieses war heftig jubelnd aufgesprungen, applaudierte wie verrückt, pfiff vor Begeisterung, und trampelte sogar mit den Füßen. Bei all dem hatte er Susanne immer fest im Blick.

Und jetzt war Halbzeit.

Als er sich bei den außen am Rand Sitzenden bedankte und sie kurz aus dem Auge verlor, sprang Susanne auf und floh. Sie rannte dem Ausgang zu, als gelte es ihr Leben zu retten, trat auf viele Füße und stieß dabei ekstatische Klatscher in ihre Sitze zurück, boxte in Rippen und schob verzweifelt Stühle gegen unrasierte Männerbeine. Nichts wie raus hier! Sie war in einen Alptraum geraten, in ein klassisches Fluchtkonzert.

PS.:

Die Außerirdischen starteten zeitgleich im Park verzweifelt ihr Raumschiff, denn sie hatten genug gesehen. „Irgendwo in der Galaxis muss doch intelligentes Leben zu finden sein." stöhnte der Kommandant, als sie abhoben.

Als das Konzert zu Ende war, und die Kratz- und Katzen-musik-Liebhaber mit ihrem defekten Musikempfinden wieder vor den Mattscheiben ihrer überdimensionalen Fernsehgötter saßen, kehrte in der ehrwürdigen Stadt von Franz Liszt, Nitzsche, Goethe und Schiller wieder Ruhe ein.

Kapitel 11
Triskaidekane-Phobie und andere Gewissheiten

Eigentlich weiß ich gar nicht, was ich hier schreiben soll. Kapitel 13!!! Zuerst wollte ich es einfach überspringen, so wie in den USA. Dort fehlen bei ca. 40% der Wolkenkratzer die 13. Etage und sehr häufig in Hotels auch das Zimmer 13. Zimmer oder Geschäftsetage 13 bringen eh Unglück und verkaufen oder vermieten sich deswegen auch nicht so gut. Als jetzt nach Kapitel 12 die 13 vor mir auftauchte, saß ich erstmal stundenlang wie gelähmt und deprimiert vor dem PC.

Freitag der Dreizehnte, das dreizehnte Kapitel, der dreizehnte Geburtstag, Bermuda-Dreieck– was macht es für einen Unterschied, wenn es um die Tod bringende Zahl 13 geht. Dabei bin ich gar kein sogenannter phobischer Triskaidekaner. So nennt sich nämlich die Diagnose von Fachleuten für die Angst vor der Zahl 13. Es gibt anscheinend keine Verrücktheit, die man nicht schon pathologisiert, katalogisiert und analysiert hat.

Ich weiß, dass das irrational ist und sich jeglicher statistischen Logik entzieht.

Dennoch gehöre ich zu den Menschen, welche in der Kirschtorte immer auf den einzigen vom Schicksal eingeschmuggelten Kern beißen. Das weiß ich schon vorher. Meine Frau weiß das auch. Vermutlich deswegen bekomme ich von ihr immer als Erster ein Stück Kernobsttorte oder -Kuchen auf den Teller gelegt. Damit stellt sie heimlich sicher, dass die Gäste vom kernigen Angriff auf ihre Zähne verschont bleiben. Das klappt immer. Deswegen bin ich beim Essen sehr vorsichtig geworden.

Mein Gemetzel, wenn es Fisch gibt, können Sie sich gar nicht vorstellen. Während die Fische auf den Nachbartellern aussehen, als ob ein guter Tierarzt sie jederzeit wiederbeleben könnte, ist das bei mir völlig ausgeschlossen. Selbst der beste Forensiker könnte die vielen kleinen Fischfetzen nicht mehr rekonstruieren. Jeder Fisch auf meinem Teller stirbt durch mein Gestochere noch gefühlte hundert weitere Tode. Es dauert Stunden, bis dann auf dem Rand des Tellers auch die kleinste Gräte Platz gefunden hat. Dann ist das jedoch Essen kalt. Dennoch findet eine Gräte immer ihren Weg zu mir. Ich habe eben keine Chance, dem Schicksal zu entgehen.

Das Schicksal beginnt bei mir am Wochenende schon am frühen Morgen. „Schatz, ich dachte du hast Staub gewischt?! Heute Abend kommen Gäste! Schau nur überall Spinnweben. Beim nächsten Mal mache ich das selbst. Männer!! Oh Mann!!!!" „Spinne am Morgen bringt Kummer und Sorgen".

Die Fahrt mit dem Auto zur Arbeit und zurück ist auch nicht besser: „Geht die schwarze Katze von links nach rechts, dann geschieht dir Schlechts. Geht sie von rechts nach links, dann gelingt's." Sie geht immer von links nach rechts. Und schon werde ich geblitzt. Ohne die schwarze Katze hätte ich noch monatelang ungestraft zu schnell fahren können.

In der Ehe habe ich jedoch noch Glück. Alle unsere Spiegel sind noch ganz, denn wie jeder weiß: Spiegelscherben bringen sieben Jahr Pech.

Wenn bei mir etwas schiefläuft, bekomme ich von meiner besseren Hälfte jedenfalls Blicke zugeworfen, die meiner Gesundheit vorsichtig formuliert ‚abträglich" sind. Und Blicke können Kreuz-gefährlich werden.

Bei Jesus-Info.de findet man deswegen 14 Gebete gegen den bösen Blick. Den haben Menschen, die mit ihren magischen Fähigkeiten anderen Schaden zufügen können. Es dürfte also kaum einen Ehemann geben, der neben seiner Mutter oder Schwiegermutter nicht mindestens noch eine weitere Person mit diesem Blick kennt. In guten wie in schlechten Zeiten heißt es bei der Trauung. Manche übersetzen es nach vielen Ehejahren rückblickend so, dass damit gemeint sei: gut für sie und schlecht für ihn.

Witziger weise gibt es im Internet ein religions- und glaubensübergreifendes Amulett gegen den bösen Blick als Muttertags Geschenk.

Amulette helfen nicht immer. Links gilt beispielsweise als die Seite des Bösen, des Unheilvollen und da ist auch was dran. Man denke nur an die DDR. Wenn jemand sagt: „Sei vorsichtig, der ist links." Dann ist damit gemeint, dass derjenige heimtückisch, hinten herum, also links sei. Das war global so. Die Mayas hielten Linkshänder für minderwertig. Deswegen wurden besiegte Gegner immer mit zwei linken Händen dargestellt. Wir sollten als aufgeklärte Europäer nicht darüber schmunzeln. Immerhin sagen wir zu ungeschickten Menschen auch, sie hätten zwei linke Hände. Linkshänder liefen im Mittelalter sogar Gefahr, ebenso wie die Hexen verbrannt zu werden.

Das „links" Unheil bringt, wussten schon die alten Römer, wie in der alten Cena Trimalchionis von Petronoius verzeichnet wurde. Sie forderten ihre Gäste auf, den Raum mit dem rechten Fuß zuerst zu betreten. Das hat sich bis heute sogar gehalten. In Märkten gibt es immer wieder Fußabstreicher mit dem Aufdruck: „Dextro Pede!". Bei den Römern rief man sich beim Betreten des Speiseraumes „dextro pede!" zu, da der linke fuß zuerst Unglück bringen sollte. Es wurde sogar in Vitruvs Vorschrift aufgenommen.

Letztendlich kann man nur hoffen, nicht so linkisch zu sein, dass man früh „mit dem linken/falschen Bein/Fuß zuerst aufzustehen", um gut in den Tag starten zu können.

Wann haben Sie das letzte Mal etwas verächtlich links liegen gelassen?

Es kann aber sein, dass es etwas mit dem Nachttopf aus früheren Zeiten zu tun hatte. Da stand der Nachttopf links unter dem Bett. Wer früher mit dem falschen Bein aufstand, stand in der Nachtschüssel. Igitt! Das war dann nicht rechtens, weil man „mit dem rechten Bein hätte aufstehen müssen". Man konnte auf dem Hof die solcherart unglücklich Erwachten daran erkennen, dass sie sich fluchend den Fuß wuschen, weil sie im Fettnäpfchen gestanden hatten.

In solchen stehe ich ständig drin. Mein Schwager schenkte mir mal zwei T-Shirts, mit denen ich gar nichts anfangen konnte und die dann jahrelang ein trostloses Dasein in der hintersten Schrankecke fristeten. Eines Tages mistete ich meinen Schrank aus und kam die beiden T-Shirts auf dem Arm zur Wohnzimmertür herein. Frohgemutes verkündete ich angesichts meines nahenden Geburtstages: „Schatz, wenn jemand fragt, was er schenken soll, bitte nicht solche T-Shirts." Mein Schwager saß überraschend auf der Couch. Dass die T-Shirts von ihm waren hatte ich längst verdrängt und jetzt erntete ich von meinem zarten Weibchen nicht nur den Bösen Blick, sondern der Kalender blätterte sich von selbst auf Freitag den 13. um. Gott sei Dank hatte ich rein zufällig einen Zettel mit der Engelszahl 666 zur Hand. Sie bedeutet, dass man seinen Engeln vertrauen sollte, damit sie helfen, die Wünsche in Bezug auf Privat, Familien, und Sozialleben zu erfüllen. In diesem Fall wünschte ich mir im Boden zu versinken. Die 666 half leider nicht, obwohl: Sie steht auch dafür, mehr Zeit mit Tieren und der Natur zu verbringen.

Das wusste ich zu diesem Zeitpunkt aber noch nicht, sonst wäre ich mit der Katze in den Garten gegangen. Hoffentlich lässt er mich jetzt nicht links liegen.

Abergläubiges zur Ergänzung:

Zahlen

Das 15-stöckige Hotel Kyjev in Bratislava hat 14 Etagen. Das dürfte selbst blinde und sehschwache Besucher verwirren, da diese in der Beschriftung des Bedienfeldes der Aufzüge ebenfalls die 13 vermissen werden.

Die 1,42 Milliarden Chinesen toppen das jedoch. In China fürchtet man sich vor der Vier und fügte jetzt auch noch die westliche 13 hinzu. Die Zimmer oder Etagen lauten dann 1,2,3,....5,6,7,8,9,10,11,12,...., ..., 15 usw.

Offenbarung des Johannes Vers 13: 666

Die Zahl stammt eigentlich aus der Bibel und wird wie die Schwarze Katze oft als Symbol für den Teufel interpretiert. Im Christentum ist die schwarze Katze ein Teufelstier; im Islam ist es laut der Fatwa der Hund. Manche Forscher denken aber auch, dass ein römischer Kaiser damit gemeint sei. Wie auch immer. Zahlen haben etwas Mystisches an sich. Man danke an Pi. Vielleicht ist das deswegen so, weil die meisten Menschen in Mathematik schon immer schlecht waren aber alle Menschen in irgendeiner Form spirituell sind. Wie sonst käme jemand auf die Idee, der Zahl 6 über 60 Bedeutungen* oder besser „Energieattribute" zuzuschreiben:

Rechts/links

In der Götterwelt haben die Rechtshänder eindeutig die Mehrheit. Nur Opochtli aus dem aztekischen Pantheon war Linkshänder und hielt deswegen seinen Speer, mit dem er Fische fing in der linken Hand.

Eine andere weniger plausiblere Erklärung für das linkische Getue lautet:

Podon, pedes heißt nicht nur Fuß sondern auch Basis im Sinne von Podest. Die Bedeutung von „mit dem rechten Fuß aufgestanden zu sein", kann also auch bedeuten, dass die Basis rechtens, das Podest solide, die Meinung bodenständig stabil ist.

Ein mickriges Morgenbrot wird im englischen übrigens auch left-overs genannt; es ist linkgeblieben.

*

Bedeutungen von 666:

Ehrlichkeit, Gerechtigkeit, Integrität, Wohltätigkeit, Gutmütigkeit, Glaube, Liebe, Menschlichkeit, Dienst, Gleichgewicht und Frieden, Verantwortung, Fürsorge, der Lehrer, Konvention, Schutz, Idealismus, Selbstlosigkeit, Barmherzigkeit, Treue, Wahrheit, Ordnung, Wirtschaft, emotionale Tiefe, Neugier, tiefe Liebe zu Haus und Familie, Humanität, Fürsorge, Selbstlosigkeit, Ausgeglichenheit, Ruhe, Selbstaufopferung, Empathie, Sympathie, bedingungslose Liebe, Zirkulation, Landwirtschaft, Gnade, Einfachheit, Kompromiss, Zuverlässigkeit, soziale Verantwortung, Mitgefühl, Schönheit, Kunst, Großzügigkeit,

Sorge, Familie, Haus, Sozialdienst, Selbst-Harmonie, Pflege, Fürsorge und Harmonie, das Bedürfnis nach Stabilität in allen Lebensbereichen, Gesellschaft, Besitz, planetarische Fragen und konkrete Sachwerte.

Kapitel 12

Wie man eine Partnerin findet

Teil 1 – Partnersuche wider Willen

Jung, ledig, unterwegs auf den ersten zarten Hoffnungs-spuren des Erfolges, meist aber einsam. So kann man die hochgepriesene Flexibilität am Arbeitsmarkt auch beschreiben. Sie ist eine der Folgen der hochgelobten Öffnung des Arbeitsmarktes. Ich halte Flexibilität am Arbeitsmarkt für einen der größten Familienkiller, gleich nach Pille, Abtreibung und veganer Kochkunst. Dresden war jetzt schon die 14. Stadt, in der ich mit meinen flexiblen zarten 25 Jahren gelandet war. Da nur Mörder oder Leichenbestatter ihre Freunde im Koffer transportieren, waren selbige immer irgendwo zurückgeblieben. Also nicht im Koffer, sondern quicklebendig, aber eben weit weg. An Freundschaften oder Beziehung war bei dieser kurzlebigen "Flexibilität" nicht zu denken. Ich hatte in den letzten turbulenten drei Jahren auch gar nicht an eine Beziehung gedacht, denken können. Gut, für eine Vergewaltigung durch eine schöne Frau, hätte ich mich schon freigemacht. Aber egal wo ich war, der Wecker klingelte mitten in der Nacht und sah mich wieder, wenn es dunkel wurde, eine Hassliebe zwischen uns sozusagen. Bis heute begreife ich nicht, warum es nach den täglichen Angriffen des Weckers auf meine Gesundheit nicht zu Gegenangriffen meinerseits mit einem Hammer kam.

Nach einem duftenden Kaffee folgte immer eine Fahrt durch einen Stau, dann Kaffee trinken, mit klobigen Schuhen Baustellenbegehungen machen, Kaffee trinken, Sitzungen und Besprechungen mit Kaffee absolvieren und schließlich Bürozeit mit Kaffee. Ich war übrigens Jungbauleiter, einer von den Typen, die nach einem Studium denken, sie wüssten alles und am ersten Arbeitstag von der Mama ausgerüstet mit Krawatte und Anzug ein Schlammloch begehen. Freizeit war ein Fremdwort und man scherzte: Wer abends noch die Kraft findet, müde zu lächeln, hat noch Reserven.

Abends fiel meinen Vorgesetzten prompt immer noch was ein. Teilweise fuhr ich sogar nochmal auf eine der Baustellen. Auf dem Heimweg reichte es höchstens noch für Fitnessstudio oder Sauna und danach ging es ins Bett. Immer das Gleiche. Manchmal war auch Zeit für wertvolles Essen zwischendurch, also an einem Stand, für eine halbwarme Bockwurst oder eine vitaminhaltige Bratwurst. Zwischen "bewusst eine gesunde, abwechslungsreiche Mahlzeit einnehmen" und "wildes Zwischendurch-Hinterschlingen, um Verhungern zu verhindern", besteht bei Bauleuten der Unterschied darin, dass sie entweder Senf oder Ketchup oder beides gleichzeitig auf die Wurst nehmen. Bauleute gleichen ihr Manko gegenüber der Normalbevölkerung jedoch aus, indem sie bereits früh sechs Uhr an der Tankstelle Hackepeter-Bötchen und heiße Krakauer mit Senf kaufen! Jedenfalls hatte ich absolut keine Zeit für Liebeleien. Da hätte sich schon eine anbetende Dame mit einem Strick an meinen Bauhelm anketten müssen. Leider kam keine Vertreterin des schönen Geschlechts auf diese erfolgversprechende Idee und so verdrängte ein Tag des real existierenden Arbeitslebens nach dem anderen, die rein hypothetischen Tage des Liebeslebens. Die wenigen Versuche abends weg zu gehen scheiterten sehr schnell, da die Bars bis 22 Uhr noch leer waren und sich erst nach Mitternacht füllten. Ab Mitternacht hätte ich vermutlich im Tiefschlaf in einer der dunklen Sitzecken einer gefüllten Bar gesessen und von Frauen geträumt. Mit stellte sich die Frage "Brauchen die alle keinen Schlaf oder gehen die nicht arbeiten? Was sind das nur für Menschen?" Konnte mich damals herrlich drüber aufregen!

Doch jetzt hatte ich endlich eine Frau gefunden, oder Sie mich oder der weissagende Lehrling in der Pforte uns beide.

Und das kam so:

Ein leicht verrückter Studienfreund hatte mich gefragt, ob er mir Produkte eines Baustoffherstellers vorstellen und verkaufen könne. Als wir uns mehrere Baustellen anschauten, war im Auto Zeit für eine Zeitungsschau. Er blätterte in ein paar Zeitschriften, also nur in den Seiten mit einschlägigen Annoncen, und stieß auf eine Partnervermittlung. "Mensch, die haben dort aber schöne Frauen." meinte er. "Da muss ich unbedingt hin." Ich hielt zwar entgegen, dass das nur Lizenzbilder und Köder für Leute wie ihn seien, die den Kopf in der Hose hätten, aber er lachte nur und meinte, dass sei ihm egal. Da werde man ja sehen. Am Ende drehten wir ab und fuhren dorthin. Die Vermittlung wurde von einem Ehepaar betrieben, bestehend aus einem hageren Mann in einer NVA Uniform und einer gutaussehenden Hexe, wie man sie von Jahrmärkten in der Handleseecke kennt, nur nicht ganz so angezogen und ohne Besen. Das Partnervermittlungsinstitut bestand letztlich nur aus einem Computer, der in einem Wohnzimmer stand. Nach wenigen Minuten hatten der

Mann und mein Bekannter ihre gemeinsame Leidenschaft für alte Armeesachen herausgefunden. Sie saßen jetzt in der Küche und versuchten sich gegenseitig über den Tisch zu ziehen, indem sie sich gegenseitig Dolche und Abzeichen vertickten. Ich fand mich plötzlich wie ein kleiner Schuljunge, der aus dem Klassenzimmer geschickt wird, weil er den Unterricht stört, im Flur auf einem Hocker wieder; hilflos einem raffinierten Weibsbild ausgesetzt, dass mir unbedingt einen Vermittlungsauftrag unterschieben wollte. Nach einer halben Stunde hatte sie mich soweit weichgekocht, dass ich ihr ins Wohnzimmer folgte und bei einer Tasse Tee, Kaffee gab es in dieser veganen Plattenbauhöhle nicht, mir ihre "Angebote" an attraktiven Damen anschaute.

Mit an Wahrscheinlichkeit grenzender Sicherheit waren die Bilder bei Instagramm oder Pixabay heruntergeladen und Namen und Vorstellungen bei einem Glas abendlichen Weins frei erfunden worden, vermutlich während ihr Hampelmännchen in seiner Fetischuniform vor ihr stramm stand. Nach einer weiteren Stunde, ich vermisste schmerzlich Kaffee, hatte ich ihren Preis auf die Hälfte heruntergehandelt und war gerade stolz dabei, den Vertrag zu unterschreiben, als die beiden Männer aus der Küche kamen. Sie verkauften sich jetzt gegenseitig irgendwelche militärischen Ausrüstungsgegenstände und strahlten über alle vier Backen. Mein Kumpel hatte seine Sexualhormone gegen Händleradrenalin getauscht und wollte seinen Handelsabschluss mit einem Bier feiern. Ich war in der Zwischenzeit ein paar Hunderter losgeworden und über mich und meine Dummheit derart verärgert, dass ich jetzt auch ein Bier wollte. So begann meine Partnersuche wider Willen.

Kapitel 13

Wie man eine Partnerin findet

Teil 2 - ein Hellseher und ein Hund

arbeiten zusammen

Mein Baustoffkumpel hielt nach den ersten gegenseitigen Verkäufen den Uniformmann für einen Idioten und Betrüger und stellte den Kontakt zu ihm ein. Für mich begann jedoch eine Ära, in der sich viele Frauen bei mir meldeten und tatsächlich mit mir treffen wollten. Eine neue und zunächst aufregende Erfahrung. Jeden Tag öffnete ich mehrere Briefe, in denen man, also sie, sich vorstellte und auf Rückantwort hoffte. Jede Woche verabredete ich mich mit einer oder zwei Briefen und nie fiel mir etwas Phantasievolleres ein, als mich auf neutralem Boden einer Gastwirtschaft zu vereinbaren.

Groß, klein, dick, dünn, klug und nicht so klug, mit und ohne Kind, lang- und kurzhaarig, feminin und männlich.... wo kamen die nur in so einer Fülle her? Irgendwann wurde es mir zu viel. Der Reiz des Neuen war verflogen. Ständig fremde Menschen zum Essen einladen, die man danach nie wieder sieht, bringt weniger als kirchlicher Ablasshandel und der brachte schon nichts außer leeren Geldbeuteln ein.

Also entschied ich mich, erst in einer beginnenden Beziehung zum Essen einzuladen und nicht vorher. Beim nächsten Treffen verkündete ich also der zarten Dame, dass jeder sein Essen selbst bezahlen solle. Klar! So eine

Ansage ist nicht ohne Risiko. Doch welche Frau möchte schon ernsthaft einen Mann, der sein Geld in Kneipen herauswirft? Eine Frau, die ein Date absagt, weil ihr das Essen nicht geschenkt wird, würde sowieso nicht zu mir passen. Allerdings wusste ich bis dato nicht, dass es Fettnäpfchen gibt, die nur der Durchgang zu einem noch viel Größeren sind. In einem solchen saß ich, ohne es zu wissen, seit meinem Besuch in der Partnervermittlung. Die bewusste Dame hatte überhaupt kein Geld mitgebracht und explodierte förmlich. Wie könne es denn sein, fauchte sie mich zornfunkelnd an, dass da ein Typ eine Annonce schaltet, in der steht: "Suche Frau, die mir hilft, meine erste Million auszugeben." Und jetzt würde ich sie selbst bezahlen lassen. Sie hätte gar nichts dabei. Das sei eine Frechheit von mir und sie würde jetzt gehen. Nachdem die ganze Gaststätte - incl. meiner verblüfften Wenigkeit - verstummt war, und jetzt alle über einen geizigen Millionär informiert waren, packte sie ihre Tasche und stolzierte hoch erhobenen Hauptes hinaus.

Ich zahlte dann dennoch die ganze Rechnung, also die zwei Gläser teuren Wein, die sich schon genehmigt hatte, bevor ich überhaupt aufgetaucht war. Dann ward ich in diesem Restaurant nie wieder gesehen. Das Weib aus der Partnervermittlung konnte was erleben. Am nächsten Tag erklärte sie mir am Telefon, dass eine Frau, die so eine kleine Notlüge nicht wegstecken könne, sowieso nicht zu mir passen würde. Ich werde nur selten am Telefon laut, aber an diesem Tag erfuhren meine Kollegen durch geschlossen Türen hindurch, dass ich kein Millionär war. Am Ende nahm die angezählte Dame ihre Annonce wieder heraus, verlängerte den Vertrag kostenlos um ein Jahr und schickte mir eine neue Annonce zur Zustimmung zu. Die Flut hörte prompt auf. Ich traf dann nur noch auf zwei Frauen, die mir hätten tatsächlich "gefährlich" werden können.

Der ganze Vermittlungszinnober ging mir inzwischen mächtig auf den Senkel. "Drei Vermittlungen noch, dann ist Schluss!" hatte ich am Telefon verkündet. Kennen Sie das? Wenn sie nichts mehr erwarten, dann geschehen Wunder. Dann findet der blinde Trinker doch noch sein Doppelkorn, das Nudelholz verfehlt knapp den Kopf des untreuen Gatten und das versehentlich versalzene Erdbeerkompott wird - mit Milch püriert und eingefroren - neben dem Chili/Paprikaeis mit Speckwürfel am Stiel zum Verkaufsschlager.

Ich saß in einem unserer großen Besprechungsräume und musste noch ein paar Pläne ergänzen. Wie jeden Tag, war irgendjemandem noch eine kleine Arbeit für mich eingefallen: "Das benötigen wir noch dringend bis morgen früh! Ist aber nicht viel." Jetzt saß ich schon zwei Stunden an dem "nicht viel". Unter dem Tisch lag geduldig mein Riesenschnauzer, Schulterhöhe 65 cm, den ich als Gast bei mir hatte, da meine Familie in den Urlaub gefahren war. Der Termin für mein selbstgestecktes vorletztes Date war bereits herangekommen und ich immer noch mitten in der Arbeit. Die junge Frau wollte netterweise mich von der Arbeit abholen und konnte jederzeit auftauchen. Dann ging die Tür auf und unser Lehrling vom Empfang kam herein. "Herr Müller, ihre Frau ist da." "Ah ja! Ich wusste zwar noch nicht, dass ich ein habe, aber wenn Sie sie für mich gefunden haben, bin ich sehr zu Dank verpflichtet." schmunzelte ich und er bekam rote

Ohren. Ich stand auf und empfing die junge attraktive Frau mit der Bitte, sie möge ein paar Minuten warten. Ich sei mit einer dringenden Arbeit etwas in Verzug. "Kein Problem meinte sie und setzte sich ans andere Ende des ovalen Tisches. Den Hund unter dem Tisch hatte ich völlig vergessen. Nach ein paar Minuten hörte ich sie sich mehrfach leicht räuspern und schaute auf. Sie saß kerzengerade mit aufgerissenen Augen auf ihrem Stuhl und getraute sich nicht, sich zu bewegen. Der Hund war zu ihr hin gerobbt, hatte sich zwischen ihre Beine gezwängt und aufgerichtet. Jetzt lugte ihr der Kopf des Riesen begeistert ins Gesicht. Die erstarrte Frau gab mir mit den Augen verzweifelte Zeichen.

Um den Hund machte ich mir ja keine Sorgen, der war ein Lamm, aber um sie schon. Der Anblick war derart lustig, dass ich anfing, lachend mich zu entschuldigen und den Hund zu mir rief. Der hörte sofort und als der Kopf verschwunden war, konnte sie auch lachen. Wir gingen danach nicht essen, sondern an die Elbe, warfen Stöckchen schwatzten und lachten viel. Die Auswahl des Lehrlings war also richtig gewesen. Ein paar Wochen später zog ich bei ihr ein und noch ein Jahr später heirateten wir. Die Prophezeiung des Lehrbub's hatte sich erfüllt.

Die Moral von der Geschichte:

Wenn Sie sich das erste Mal mit einer potentiellen Partnerin treffen, lassen Sie sie links liegen. Beschäftigen Sie sich lieber mit ihrem Hund. Sie wird sich automatisch in die Hierarchie einfügen.

Kapitel 14
Die Austauschschülerin

Teil 1
Wie man zum Leihvater wird

Um seine Reaktion genau abzufassen, schaute sie ihn aufmerksam an. "Du Schatz." flötete sie ihn an. "Was hältst du davon, wenn wir einen Austauschschüler bei uns aufnehmen würden?" Er ahnte, dass mit diesem Satz eine veränderte Zukunft begann. Nicht, dass der Schatz da etwas hätte mitreden können. So eine Frage wäre nie gefallen, wenn heute nicht Valentinstag gewesen wäre und das Ergebnis seiner Antwort nicht schon lange festgestanden hätte. Die mehrteilige Frage, die er so liebevoll demokratisch gestellt bekam, lautete also eher: Wann, von woher, in welchem Zimmer unterbringen, Junge oder Mädchen. Johann hätte schwören können, dass auch hier schon teilweise Antworten vorhanden waren. Klar hätte er opponieren können, wenn er gewollt hätte, doch in einer liebevollen ehelichen Frautokratie wird dem Mann sein Wollen so aufbereitet, dass er sich voll in die Ausgestaltung dessen einbringen kann, was seine Frau will. Da darf er dann voll entscheiden und sie steuert ihn nur noch - in ihre Richtung, wohin sonst?! Um den Rahmen dessen zu ergründen, was seine Frau für seine männliche Entscheidungsfreudigkeit noch offengelassen hatte, stellte er die vorherbestimmte Gegenfrage: "Hast du schon konkrete Vorstellungen?" Frauen können zaubern. Kataloge lagen plötzlich auf dem Tisch. Webseiten öffneten sich, Anbieter im Netz wurden geoutet, Rahmenbedingungen beschrieben, Dauer, Verpflichtungen, Ablauf erklärt und und und. Ihm schwirrte der Kopf. "Und?" Lächelte sie ihn an." Was meinst du?" „Gute Idee, mein Schatz. Du steckst ja schon ganz schön tief in der Thematik." Lobte er und grinste innerlich. Die Nummer mit dem Schatz, war klasse, die war von ihr. Aber jetzt war der Ball, mit der Aufschrift: „Mann stimmt zwar zu, kann aber bedauerlicherweise nichts mehr dazu beitragen" wieder bei ihr.

Eine Woche später ging es richtig los. Bewerbungen und Videoaufnahmen der Familie wurden an die Vermittler geschickt und diese schickten Bewerbungsmappen und Videos der Jugendlichen aus aller Welt zurück. Brasilien, USA, Russland, China, Israel ... Isabell und Richard wurden in jeder Ecke des Globus herumgezeigt und die Ecken des runden Globus tauchten bei ihnen im Wohnzimmer auf; und all das, ohne einen einzigen Schritt vor die Tür zu setzen. Dann wurde von allen Parteien solange abgewogen und ausgeschlossen, bis nur noch eine junge Dame aus den USA übrigblieb, also die, die Johanns Frau von Anfang an favorisiert hatte. Es wurde ernst.

Deutschland gehört übrigens nicht zu den beliebtesten Gastländern. An unseren schönen Städten kann es jedenfalls nicht liegen.

Kapitel 15

Die Austauschschülerin

Teil 2

Deutsche Steckdosen und die Türkeireise
Gasteltern sind außerdem verpflichtet, Gast-
kinder am Leben zu lassen

Es dauerte noch ein paar Wochen, dann stand für eine junge Dame aus Seattle USA fest, dass sie ein Jahr in einer Kleinstadt nahe Dresden verbringen und dort auf das Gymnasium gehen würde.

Johann hatte alles aktiv mitentschieden, sodass die Auswahl nach den Wünschen seiner Gattin verlaufen war. Ein Dachgeschosszimmer wurde jetzt frei geräumt und als Mädchenzimmer eingerichtet. Ein fast 60m2 großes Zimmer wurde für die beiden kleinen Kinder umgebaut, die vorübergehend zusammenziehen mussten und dann war alles bereit. Die junge Dame war bereits seit vier Wochen im Land, und zwar in einem Camp, welches auf den Kulturschock vorbereiten sollte. Also darauf, dass nicht von bunten Papptellern gegessen wurde, dass man Fenster öffnen konnte und vor allem "wie", dass oft frisches Obst gegessen wurde und nicht nur als Plastikdekoration herumlag, das man Müll trennte, Mentalität und vieles, vieles mehr.

Als sie endlich am Bahnhof in Empfang genommen wurde, waren alle sehr aufgeregt. Nicht ganz so, wie bei einer Geburt, eher so, wie man einen großen Gewinnscheck entgegennimmt, von dem man nicht weiß, ob er vom Finanzamt größtenteils wieder einkassiert wird. Die junge Dame rückte noch am selben Tag mit ihrem Wunsch heraus, das Münchner Oktoberfest zu besuchen. Das ging nur sofort, weil im Jahr darauf sie zu dieser Zeit schon wieder abgereist sein würde. Um Fünf Uhr morgens ging es los und sechs Stunden später stand die Familie auf Deutschlands größtem Alkoholrummel, der geruchsmäßig jedes Volksfest toppte. Die junge Dame hatte sich mit einem jungen Mann verabredet, welchen sie in der Vorbereitung kennengelernt hatte. Also ließ man die beiden Jugendlichen allein, hielt sich aber immer in Sichtweite auf. Dennoch entging allen, dass Beide ausgeraubt wurden und zwar vom Riesenradpersonal. Am Kartenschalter erklärte man ihnen, es sei verboten Taschen mitzunehmen und so gaben sie sie unten ab. Als sie zurückkamen, war der Typ verschwunden und niemand wusste etwas oder hatte ihn je gesehen.

Problem war jetzt nur, dass es echte Verständigungsprobleme gab. Das amerikanische Seattle-Englisch klang mit den gehörten Wattebällchen im Mund eben doch anders als klares Oxfordenglisch. Und so besuchte man noch fröhlich mehrere Stunden einen Stand nach dem nächsten. Erst als man heimfahren wollte, kam der Diebstahl heraus und es war natürlich viel zu spät für die Polizei, wenn es bei den Massen von Menschen überhaupt jemals "nie zu spät" gewesen wäre. Für Anna-Marie war es eine Katastrophe, wenn man weiß, welche Bedeutung eine Sozialversicherungskarte in den USA besitzt; von Geld und Ausweis ganz abgesehen.
Einige Wochen später war alles ersetzt. Dafür fuhr Johann jetzt mit Anna-Marie ins Krankenhaus. Beim malern des Zimmers war eine Steckdose nicht ordnungsgemäß

befestigt worden und das Mädchen hatte hineingefasst. Gott sei Dank fehlte ihr nichts. Erleichtert erlaubte sich Johann einen Scherz. Er erklärte ihr, in Deutschland dürften Patienten im Krankenhaus nicht frei herumlaufen. Sie würden sich nur im Rollstuhl fortbewegen. Also setzte er sie in einen solchen hinein und fuhr sie kreuz und quer durch die Klinik.

Bis auf die klassischen Heimwehattacken war eigentlich alles gut. Das junge Mädchen lernte unglaublich schnell die Sprache und passte sich an, auch wenn es innerhalb der Gastfamilie unkomplizierter vor sich ging, als im Gymnasium. Doch dann fuhr man unbedachterweise in den Türkeiurlaub. Bereits am Flughafen nahm man sie beiseite und schleuste sie durch einen gesonderten Schalter. Dort fragte ein bös dreinschauender Beamter das 15 jährige Mädel, was sie als Amerikanerin hier wolle, immerhin bombardiere ihr Land den benachbarten muslimischen Bruderstaat. Tränenüberströmt kam sie aus der Kabine. Ein guter Anfang. Dann unternahm man Ausflüge, ärgerte sich über Animationslärm und stand abends in der Schlange um die kostenlosen Alles-Inklusive-Getränke. Doch dann hatte es ihr ein junger männlicher Angestellter angetan. Der Italiener machte ihr nette Augen und fragte sie, ob sie nicht im Nachbardorf mit ihm zusammen eine Diskothek besuchen wolle. Da eine ganze Schicht des Hotels hinging und versprach, auf sie aufzupassen und wieder zurück zu bringen, willigte man ein. Und dann war sie verschollen. Erst mitten in der Nacht, und zwei Stunden zu spät, tauchte sie wieder auf. Der junge Mann hatte sich als bereits vergeben erwiesen und so wanderte die geballte, weiblich/verschmähte Pubertät trotzig und weinend am Strand allein nachhause. In der Türkei, im Dunkeln, ohne Ortskenntnis. Das gab natürlich Ärger. Johann und seine Frau saßen seit Stunden auf glühenden Kohlen und standen kurz vor der polizeilichen Vermisstenanzeige. Anna-Marie war jedoch mitten in der Pubertät. Am Ende saßen Johann und seine Frau im Nachtgewand auf dem Flur, weil das einzige Telefon in ihrem Schlafzimmer stand. Drinnen schluchzte der Teenager ihren Eltern die Ohren voll und wollte von ihnen abgeholt werden: aus der Türkei, ausgehend von den USA, mitten in der Nacht, weil der Junge schon vergeben war. Die absurde Situation brachte die beiden nächtlichen Flursitzer in eine emotionale Mischung aus Grinsen und Verzweifeln. So fühlte sich Johann immer, wenn er am Valentinstag nachmittags auf Geschenksuche für seine Frau ging.

Kapitel 16

Die Austauschschülerin

Teil 3

Eine außer Kontrolle geratene Geburtstagsfeier

Anna-Marie saß am Frühstückstisch ihrer Gastfamilie und wollte sichtlich etwas loswerden. "Na, nun sag schon. Was hast du auf dem Herzen?" fragte Johann. Sie schob ihren Frühstücksteller weg und schaute auf. "Ich habe doch bald Geburtstag." "Ja, und?" "Ich wurde in der Schule gefragt, ob ich eine Feier mache. Zwei Wochen später fahre ich ja schon wieder in die USA zurück. Darf ich meine Klassenkameraden dazu einladen oder feiern wir nur im Familienkreis?" Johanns Frau lächelte sie an "Selbstverständlich darfst du einladen. Dann ist es eben parallel deine Abschiedsparty. Mit wie viel Leuten rechnest du?" Der Garten hinter dem Stadthaus war groß und lag mit teilweiser Hanglage mitten im Zentrum. Er hatte ein Birkenwäldchen, einen kleinen Teich, viele Natursteinmauern und wurde von der alten Kirchenmauer mit einem Begräbniskeller aus dem 16. Jahrhundert begrenzt. In den Garten kam man auf zwei Wegen. Unterhalb der Kirche gab es einen externen Zugang zum Grundstück. Hinter der Küchentür gab es eine Brücke als Zugang in den Garten. "Wir haben genug Platz für deine Gäste. Es ist Hochsommer und wir feiern sowieso im Freien." meinte Johann. Anna-Marie fing an zu strahlen. "Das ist super. Da freue ich mich drauf. Kommen auch Oma und Opa?" "Ja klar. Es kommt die ganze Familie. Wir werden schon etwas Besonderes für dich organisieren."

Johann überschlug im Kopf, wie viel Menschen da wohl verköstigt werden mussten. Die ganze Familie, also seitens Johanns Frau, bedeutete bereits knapp 40 Gäste. Zusammen mit seinen Eltern und den Leuten aus dem Haus wurde die Zahl 50 bestimmt überschritten. Wenn jetzt noch ein paar Klassenkameraden hinzukamen, waren sie bei 60. Zuviel, um selbst Abendbrot anzurichten. In den nächsten Tagen schrieb sich Anna-Marie die Finger mit Einladungskarten an die Familie wund. Johann organisierte den Partyservice einer Gaststätte, welcher von Freunden betrieben wurde, sowie eine Disco, die im Birkenwäldchen platziert werden sollte. Die Gaststätte brachte auch Bänke, Stehtische und Deko mit. Über die paar Abiturienten dachten Johann und seine Frau nicht weiter nach, auch nicht über sonstige Veranstaltungen in der Stadt. Hätten sie aber tun sollen, denn es war richtig was los. Dann war es so weit. Ab 15 Uhr traf die Familie ein und die Gartenbänke füllten sich mit hungrigen aber fröhlichen Menschen. Der letzte Kuchen rief nach Befreiung und wurde aus dem Ofen geholt. Die Kaffeemaschine glühte wie morgens im Großraumbüro und Johanns Schrittzähler bedauerte an diesem Tag genau von diesem Kunden gekauft worden zu sein. Anna-Marie war zunächst an der Haustür und dann der Gartentür zu finden, um die Gäste in Empfang zu nehmen. Die Küche füllte sich zusehends mit Geschenken. Als sich der Abend näherte, kamen die Gäste merkwürdigerweise überwiegend durch die Tür in der Kirchenmauer. Dass irgendetwas nicht stimmte, merkten die Gastgeber erst, als überall Sitzplätze knapp wurden. Anna-Marie wurde an diesem Tag von ihren Schulfreunden mit Schnaps- und Weinflaschen beschenkt. Wer kommt nur auf die Idee, einer 16-

jährigen Amerikanerin Alkohol zu schenken, die erst mit 21 volljährig wird, also Alkohol trinken darf? Sie stapelte die Flaschen hingebungsvoll auf den Küchenschränken, welche bereits vor Einbruch der Dunkelheit aussahen, wie die Regale eines Spirituosenladens. Gegen 20 Uhr stieg der Ansturm der Gäste weiter an. An der Kirchenmauer lehnten mehr Fahrräder, als in allen Geschäften der Stadt zusammen verfügbar waren. Als ein junger Mann, von Anna-Marie mit den Worten "Hi, ich bin das Geburtstagskind." begrüßt wurde und darauf antwortete "Ist mir doch egal ", begann Johann eine vorsichtige Bestandsaufnahme der Teilnehmerzahl. Er kam auf knapp über 100 Leute.

Gegen 22 Uhr hatten sich die " Geburtstagsgäste auf wundersame fast Weise verdoppelt. Direkt daneben fand nämlich der evangelische Kirchentag statt. Die uneingeladen erschienenen Teilnehmer hatten durch Mundpropaganda erfahren, dass es in dem angrenzenden Grundstück eine Feier gäbe. Gemeint war jedoch das Pfarrhaus, aber wer will schon so pingelich sein. Messwein schmeckt schließlich überall, nicht nur in der Kirche. Die Gaststätte kochte jedenfalls abends nochmals Essen nach und brachte auch ein zweites Fass Bier mit. Der Diskotheker, welcher an diesem Tag ebenfalls Geburtstag hatte, wurde immer ausgelassener und die Musik immer lauter. Überall saßen gut gelaunte Pärchen herum, tanzten engumschlungen im Rasen oder knutschten im Gebüsch. Die Alkoholvorräte schwanden dahin, wie ein Alpengletscher unter der Erderwärmung und vermutlich wurde an diesem Geburtstagsabend einer jungen US-Amerikanerin mehr gegen die Kinderarmut im deutschen Ländle getan, als die Familienpolitik in den Jahren zuwege gebracht hatte. Johann und seine Frau hatten längst den Überblick verloren und sich unter die Menschenmenge gemischt. Die zuvor geschenkten alkoholischen Getränke wurden von den Jugendlichen von den Küchenschränken wieder heruntergeholt und der Reihe nach Bacchus geopfert. Nach Mitternacht hatten einige Gäste sogar die Vorrats- kammer entdeckt und sorgten auch hier für leere Regale. Gegen 2 Uhr nachts brach dann die Hollywoodschaukel unter der Last von 3 Pärchen zusammen. Ein junger Mann konnte gerade noch rechtzeitig aus dem Teich vor dem Ertrinken gerettet werden. In der Badewanne schlief jemand seinen Rausch aus und zwang alle Gäste ihre Notdurft neben seinem schnarchenden Gesicht zu verrichten. Die Gastwirte hatten sich inzwischen um das dritte Fass Bier geschart, um dieses für sich zu retten und irgendjemand kam in tiefster Nacht auf die glorreiche Idee der Disco mit Schreigesängen Konkurrenz zu ma- chen. Gegen vier Uhr feierte aber nur noch die Familie weiter. Am nächsten Morgen kamen gegen Zehn die ers- ten Übernachtungsgäste, auf der Suche nach Kaffee, mit Brummschädeln aus den Federn gekrochen. Gegen Mit- tag waren dank vieler Hände alle Spuren der Feier besei- tigt. Nur die Hollywoodschaukel erinnerte noch an eines der wildesten Feste, die der Garten je gesehen hatte. Der evangelische Kirchenfeiertag war also ein voller Erfolg geworden.

Kapitel 17

Nahrungsaufnahme

Zu viel Proteine, zu wenig Vitamine der Sorten A, B, C, D, E und was das restliche griechische Alphabet sonst noch so hergibt, fehlende Mineralien, zu viel oder zu wenig Nährstoffe und sowieso fehlende Ballaststoffe: da macht essen doch wirklich Spaß oder? Wenn man alles verwissenschaftlicht, geht jede Lebensfreude verloren. Das ist auch das Grundproblem in der Auseinandersetzung um „richtiges" oder „falsches" Essen. Allen neuesten Erkenntnissen werden von einem einzigen Argument geschlagen: „Es schmeckt aber nicht."

Es ist sowieso ein Rätsel, woher die ganzen neuzeitlichen Konsumkrankheiten kommen. Wer kennt sie nicht, diese leidigen Ansagen: „Ich leide unter antiallergener Gewürzunverträglichkeit, Milchzuckerunverträglichkeit/Laktoseintoleranz, Fruktose- und Sorbitunverträglichkeit, Glutenintoleranz, Histaminunverträglichkeit, Sacharoseintoleranz, Saccharose-Isomaltose-Malabsorption und außerdem unter allgemeiner Lebensmittelallergie." Wer weiß schon so genau woher das alles kommt, von Überreinlichkeit, Bewegungsmangel, psychisch bedingte Marotten oder eher doch von einseitiger Ernährung?

Nur im Vorübergehen liest man an Kaufhallenkassen und Zeitungsständern Sätze wie: Wissenschaftler machten Horrorentdeckung: Soja erzeugt bei Männern durch den hohen Anteil weiblicher Hormone Brustwachstum." Oder „Essen Sie bewusster. Die tägliche Obergrenze für Eiweiß beträgt bei Frauen 120 und für Männer 140g Gramm." Na klar, weil wir beim Aufstehen nichts Besseres zu tun haben, als uns genau das auszurechnen. Und im Radio verkünden sie dann: „Verbrutzelte Bratwürste und Brotkrusten erzeugen Krebs." Und dann erfährt man, dass der Wirkstoff der Pille im Wasser landet und Männer unfruchtbar werden können, was sogar das trinken gefährlich macht...

Auch den Fleischgegnern kann man kaum noch ausweichen. Rindfleisch begünstigt nämlich Krebs. Schweinefleisch steht für Gicht, Darmkrebs, Osteoporose und Herzkrankheiten. Und im American Journal of Clinical Nutrition wurde eine Studie veröffentlicht, die bewies, dass Geflügelfleisch genauso schädlich, wie rotes Fleisch ist. Arteriosklerose und Cholesterin machen uns auch hier platt.

Ich glaube, ich ernähre mich am gesündesten, wenn ich einfach nichts mehr esse und kein Wasser mehr trinke. Das bisschen, was ich überhaupt noch essen und trinken kann, ohne mich umzubringen, kann ich auch aus gut kontrollierten Flaschen trinken. Radeberger Bier ist eine gute Empfehlung oder alles andere, was nach Reinheitsgebot gebraut wird. So soll es zum einen Nierensteinen, Herzinfarkten und Schlaganfällen vorbeugen. Zum anderen soll es beruhigend wirken und das Einschlafen erleichtern. Es soll revitalisieren und akute Erschöpfungszustände kurieren, den Haarwuchs fördern und bei sexueller Unlust helfen. Klingt doch gut oder? Wir haben eh zu wenig Nachwuchs.

Es geht aber noch weiter: Neben Alkohol und Kohlenhydraten enthält Bier Mineralstoffe, Spurenelemente und Vitamine aus der Gerste sowie ätherische Öle aus dem Hopfen. Hopfen gehört zu den Hanfgewächsen. Es enthält wertvolle Bitterstoffe sowie ätherische Öle, die dem Bier die typische Würze verleihen und bei Appetitlosigkeit, Magenschwäche und Unruhezuständen helfen. Hopfen wirkt beruhigend, aber stoffwechselanregend. Und er enthält entzündungshemmende Flavonoide. Auch das Polyphenol Xanthohumol gilt als antioxidativ und kommt in keiner anderen Pflanze vor. Das wussten Sie aber bestimmt schon oder hatten es sich eh gedacht. Daher will ich es jetzt dabei belassen. Diese positiven Wirkungen beziehen sich nämlich alle nur auf Hopfenextrakt. Tatsächlich ist die Menge an Hopfen im Bier viel zu gering, um wirksam zu sein. Man könnte also immer eine Tüte Hopfenextrakt zum Naschen dabeihaben. Alternativ wird niemand davon abgehalten Unmengen Bier trinken, um sich gesund und vegan zu ernähren. Kartoffelchips und Wodka zählen übrigens auch als vegane Ernährung. Sie kommen somit für echte Veganer eher in Frage als ein Beutel herkömmliche Gummibären.

Aber Scherz beiseite!

Die gesundheitsschädigende Wirkung von Bier und Wodka wird die Leber dem Arzt schneller mitteilen, als es jedem von uns lieb ist.

Was bleibt übrig?

Salat und Gemüse?

Ganz ehrlich? Sowas wie Brokkoli? In jedem anständigen Trickfilm (so wie in „Wolkig aber mit Fleischbällchen") verkörpert Brokkoli das Böse und will die Weltherrschaft übernehmen. Haben Sie schon mal gehört, dass Diebe nachts in eine Gärtnerei einbrechen und Brokkoli klauen? Ganz bestimmt nicht. In den USA fand man übrigens heraus, dass für manche Menschen Brokkoli bitter schmeckt. Das gilt auch für andere Gemüsearten. Womit wir wieder bei: "Es schmeckt aber nicht!" sind. Es geht auch niemand nachts heimlich in Nachbars Garten, um illegal einen Salatkopf oder eine orangene Hasenrübe zu verzehren! Niemand auf dieser Welt macht so etwas!!

Außerdem ist Gemüse ungesund. Für die einen, weil sie zu wenig davon essen und für die Vielfraße, weil Lektine darin enthalten sind, die zur Gruppe der sekundären Pflanzenstoffe zählen und demzufolge keine Nährstoffe sind. Die Hauptlüge besteht darin, dass man davon ausgeht, mit bestimmten Pflanzen, wie Spinat oder Grünkohl auch bestimmte Nährstoffe, Spurenelemente oder Mineralien zu sich zu nehmen. Doch würden die meisten landwirtschaftlichen Nutzflächen zwischen acht und zehn Jahre benötigen um sich zu erholen. Sie sind viel zu ausgelaugt. Die Mineralien fehlen schlichtweg und der Nährgehalt der Pflanzen ist meist minderwertig. Um Mangelerscheinungen vorzubeugen, muss man also die fehlenden Stoffe zusätzlich bei der Apotheke kaufen. Da sich Bioanbau und Nichtbioanbau in diesem Aspekt kaum unterscheiden, hilft das also auch nicht weiter.

Außerdem rede ich mit meinen Pflanzen und singe ihnen etwas vor, damit sie sich wohler fühlen. Hugo heißt mein sich immer wieder fast bis zum Stumpf zurückentwickelnder Affenbrotbaum und der Gummibaum im Flur hört auf den Namen Emma. Den Salbei schnitt meine Frau in Kroatien aus einer Hotelanlage ab und deswegen hat er den Rufnamen Klepto. Natürlich kann man nicht jeder Gurken, Tomaten oder Salatpflanze einen Namen geben und nur noch essen, was die Natur wegwirft, wie das manche Fanatiker machen. Aber irgendwas ist mit dem Zeug nicht in Ordnung. Wer sich zwei Jahre von Gemüse ernährt, schafft es nicht mehr bei 30° im Schatten eine 11 Liter-Propangasflasche und eine 30kg Schweißbahnrolle über das Gerüst in die 6. Etage zu schleppen und diese dort bei Mittagshitze und 90° Dachtemperatur, einer Gas-Zündtemperatur von 510°C und einer Flamme von 1.925°C zu verarbeiten.

Es ist also logisch, dass es keine veganen Diebe gibt, die nachts heimlich Gärten plündern.

Bleibt also noch Obst.

Apfel gegessen - tot.

Erdbeeren genascht – ab geht's lebenslang zur Dialyse.

Sie glauben es mir nicht? Schauen wir da mal genauer hin:

Der Fruchtzucker (auch Fruktose genannt) erhöht die Cholesterinwerte, macht fettleibig, schadet den Blutgefäßen und begünstigt dadurch Diabetes, Herzinfarkt und Schlaganfall. Forscher der Yale-Universität fanden zudem durch Magnetresonanztomografie der Gehirne heraus, dass Fruktose nicht satt macht. Der Wunsch nach Essen bleibt. Glukose steigert den Hunger während Fruktose appetitfördernde Gehirnregionen herunterfährt. Es entsteht ein Tohuwabohu im Gehirn, welches erklärt, warum Fruktarier und Veganer alle ein bisschen radikal und für Nichtveganer leicht durchgeknallt wirken.

Am gesündesten sind immer noch Hülsenfrüchte, Tofu und Nüsse. Etwas wenig für ein ausgeglichenes Lebensgefühl. Wer in einer Klinik für Neurodermitis und Lebensmittelunverträglichkeit schon mal über Wochen ernährungstechnisch komplett auf Butternudeln und Blümchentee heruntergefahren wurde, weiß wie sehr die Lebensfreude darunter leidet.

Es scheint also eine ausgewogene Ernährung dann doch das Beste zu sein. Und es darf ruhig richtig gut schmecken. Auch die Lebensfreude ist ein Baustein für ein langes und gesundes Leben. Und mal ehrlich, an irgendwas müssen wir ja mal sterben.

Kapitel 18
Der blanke Knaller

Das Silvesterabende gefährlich werden können, weiß eigentlich jeder.

Schnell noch den Kasten Bier aus dem Garten geholt, lustige weingeschwängerte Schlängellinien gefahren - Führerschein weg.

Betrunken über das Sofa geturnt, gestolpert - tot.

Schwiegermutter einladen, streiten - geschieden.

Im Keller beim Schnaps holen friedlich beschwipst eingeschlafen und erst Jahre später gefunden.

Die Nachbarin punkt 24 Uhr zu lange abgedrückt und ein Küsschen von ihr ohne Gegenwehr in Empfang genommen - und erneut tot.

Aber das ist nur ein Aspekt der geliebten Jahreswende.

Die Böller im Ausland gekauft, rums - Finger weg.

Dem Zögling zu nahegestanden, wie er mit Flasche und Rakete experimentierte und dann zugeschaut, wie das eigene Auge mit der Rakete gen Himmel fliegt.

Selbst experimentiert und das Nachbargebäude durchs Dachfenster getroffen - abgebrannt.

Oder die Raketenbatterie ist vom Zaun gefallen und beschießt jetzt auf ganzer Breite wie eine Stalinorgel die vollgetümmlte Straße.

Manchmal verkehrt sich die aufrichtigst gemeinte Initiative ins Gegenteil. Wer unsachgemäß versucht, Geister zu vertreiben, läuft also Gefahr, selbige zu wecken.

Aber das sind ja alles nur Gerüchte. Das passiert immer nur anderen oder ist der Phantasie irgendwelcher Schreiberlinge entsprungen. In Wahrheit wird Saft getrunken und 24 Uhr ziehen alle an einem Knallbonbon - plopp. Und dann gehen alle in langen Baumwollunterhosen und mit Nachtmützen ins Bett.

Nun, dass hat sich gerade geändert. Jetzt kennen Sie jemanden, einen Überlebenden sozusagen. Einer der dabei war, als man versuchte, dem individualisierten Silvestergrauen durch Gruppendynamik die gruftige Krone der Silvesterknallerei aufzusetzen.

Nein, es geht nicht um Chinaböller im Tierheim oder verschreckte Haustiere unter dem Tisch schon gar nicht, um von Rauchschwaden verursachte Asthmatote, die am nächsten Morgen bergeweise mit der Raupe zusammengeschoben und mit Bestattungstransportern XXL entsorgt werden.

Nein, viel schlimmer, es ging um Pärchen, die sich bereits am Nachmittag zum Kaffeetrinken trafen und es beinahe nicht mal lebend bis zum Dämmerungsanbruch geschafft hätten. Jetzt sind sie entsetzt, oder? Mit einer solchen grauenhaften Entwicklung hatten Sie nicht gerechnet. Genau deswegen lärmt und krawallt man auch. Dazu schauen wir mal zurück:

Die zwölf Tage vom 25. Dezember bis zum Dreikönigstag am 6. Januar heißen auch "Rauchnächte". Haus und Hof wurden früher mit Weihrauch erfüllt, um böse Geister zu vertreiben. Heute gibt es Räucherkerzen, die diese Aufgabe erfüllen. Und wer sind diese Geister, wegen denen man den ganzen Aufwand betreibt? Es gehen überall die Perchten um, benannt nach Frau Percht. Der Sage nach war sie Wotans Weib, das mit den Seelen verstorbener

Kinder umherzieht. Frau Percht ist doppelgesichtig (früher gab es ja noch kein MRT), Seelenbegleiterin und Schicksalsfrau. Um sie und ihr Geisterheer hinwegzufegen, zogen die Bürger beim Perchtenlauf mit grausigen Masken lärmend durch Dörfer und Städte. Heutzutage tun sie das allerdings mit Sprengstoff, andere Zeiten, andere Sitten. In ihrem Gefolge (also dem von Frau Pechte) befinden sich Nachtgeister und Unholde. Und um die zu vertreiben, hatten sich drei Familien mit ihren Kindern getroffen. Etwas vermessen oder? Fünfzehn todgeweihte Menschen, die in fröhlicher Runde beisammensaßen, mit ihren Gabeln Kuchenstücke zerforkten und den restlichen Stollenscheiben ihre letzten glücklichen Momente auf dem Stollenbrett nicht gönnten.

Danach gingen die Männer und ihre Söhne (Töchter spielten bei dem Testosteronunfug keine Rolle) nach draußen und holten ihre Raketen, Böller, Fontänen, Kreisel und Tischfeuerwerke aus den Autos. Diese legten sie in der Einfahrt des Einfamilienhauses nah der Eingangstreppe in einem übergroßen Topf zusammen. Aber was passiert, wenn große und kleine Jungs um einen solchen Topf herumstehen? Sie kommen nicht umhin, es wenigstens mal kurz krachen zu lassen. "Nur ganz kurz, kommt schon. Wir wohnen doch nicht neben einer Polizeiwache. Was soll schon passieren?!" Dann werden von den Helden noch kurz die Frauen hinzugezogen. Also standen allemal näher dran, mal etwas weiter weg, ringsum den Topf. Der Unfähigste der Erziehungsberechtigten schritt frohgemut zur Tat und versuchte einen Böller anzuzünden. Weil dieser nicht reagierte, legte er ihn in den Topf zurück und nahm sich einen anderen heraus. Bereits bei dieser Bewegung erbleichten einige. Im Topf hatte der Spätzünder angefangen, zu zünden und ein Dutzend Menschen fing an zu Gott zu beten. Die anderen drei waren wirklich gläubig und vertrauten auf den Schöpfer. Als dann noch von der Wunderkerze Funken in den Topf sprühten, schrie die erste der Damen entsetzt auf und irgendjemand schrie in aufkeimender Panik: "Deckung". Die Eigentümerin des Topfes schlug die Hände über dem Kopf zusammen und rief ein übers andere mal:" Mein Kloßtopf, oh mein Kloßtopf " Und dann setzten sich die Perchten zur Wehr. Zunächst knallte es im Topf. Dann kam ein wunderschön anzuschauender Funkenregen. In diesem Moment sprangen alle in Deckung, in die Böschung der Einfahrt, hinter den Sockel der Gartenmauer oder hinter eines der drei Autos. Eine Frau sprang zurück ins Haus und zwei rannten sogar in den Keller. In Sicherheit wiegen konnte sich niemand mehr, da die Raketen in alle Himmelsrichtungen aus dem Topf herausragten. Ein Vater warf sich einfach auf den Boden und drückte sein Kind an sich, den Rücken zum Topf gewandt. In dieser Haltung fand man übrigens auch Familien in Pompeji nach dem Ausbruch des Vesuvs Dann explodierte der Topf und alles Feuerwerk ging nahezu gleichzeitig in die Luft. Es zischte, rauchte, knallte und stank, dass man dachte, die Tore der Hölle seien aufgegangen. Dann war alles plötzlich vorbei. Es puffte noch ein paar Mal und es herrschte gespenstige Ruhe. Einer nach dem anderen rappelte sich auf. Die Dame aus dem Haus steckte vorsichtig ihr hübsches Gesicht heraus und überprüfte, wie viele Überlebende es gab. Auch der Keller spuckte seine unfreiwilligen Gäste wieder aus. Wie durch ein Wunder war niemand verletzt worden, nichts beschädigt oder abgebrannt.

Von wegen, erst zu Jahreswechsel um Mitternacht darf geknallt werden. Niemand sollte gezwungen werden, bis Mitternacht warten zu müssen. Dem Gemeinwohl verpflichtet, sollte man auch schon nachmittags knallen dürfen. Wenn dann auch die Torte BUMM macht, wäre das doch der Knaller, oder?

Die Perchte waren jedenfalls offensichtlich vertrieben. Genauso sollte Silvester gehen.

(Oder es wurde einfach nur etwas vorzeitig ein Topf mit Knallern abgefackelt und alle lachten darüber. Kann auch so gewesen sein.)

Wissenswertes zu Silvester:

In Deutschland werden jährlich ca. 100 Millionen Euro für die Böllerei ausgegeben. Dieses beliebte Fest zu Jahresende gibt es aber erst seit dem 16. Jahrhundert. Im Jahre 1582 wurde der letzte Tag des Jahres vom heutigen Heiligabend auf den 31. Dezember verlegt. Das soll der Todestag von Papst Silvester I. gewesen sein. Dessen Tod wiederum war schon ein Weilchen her – 1.247 Jahre, um genau zu sein. Silvester trat im 4. Jahrhundert als römischer Bischof sein Amt an. Ob dessen Todestag also tatsächlich der 31. Dezember war? Die hatten damals doch einen ganz anderen Kalender?

Sprengstoff bei Festen zu verwenden, gehört jedenfalls zu den etwas ungewöhnlichen Volksbräuchen. Er soll aus dem China des frühen 12. Jahrhunderts stammen, welches übrigens die Jahreswende am Tag des Neumondes zwischen dem 21. 01. und 21.2. feiert. Erst 1379 soll es in Italien das erste Feuerwerk auf europäischem Boden gegeben haben. Erst 1506 fand das erste Feuerwerk dann auch in Deutschland statt. Angesichts der vielen Holzhäuser und der Löschmöglichkeiten, war das sicherlich ein noch viel gefährlicherer Brauch als heutzutage.

Bald krönte der Adel nicht nur die Jahreswende, sondern auch andere Feste. Er feierte auch Hochzeiten und Geburten mit einem Feuerwerk.

Der ganze Krawall hat jedoch immer noch den heidnischen Zweck, mit Lärm Geister zu vertreiben. Selbst die Kirche läutet da seit dem Mittelalter kräftig mit. Und dann gibt es ja noch Randbräuche, wie asiatische Glückskekse und Glücksbambusse, europäische Hufeisen und Schornsteinfeger, Blei gießen und Tarotkarten.

Und wer denkt, dass diese Bräuche alle von gestern sind und heute keine neuen mehr entstehen, der denke nur an "Dinner for One".

Kapitel 19
Morgengedicht einer Dame

Morgenfrühstück einer Dame

Der Tag beginnt,
schon früh zerrinnt.
Es klingelt mies,
Zum Frühstück trüber Gries.

Der Tag beginnt,
der Wecker spinnt.
Die Füße raus,
oh kalter Graus.

Der Tag beginnt,
oh armes Menschenkind.
Das kalte Wasser lacht,
weils Gänsehaut gebracht.

Die Katz miaut,
das Futter ist geklaut.
Das Kind muss los,
wo ist es blos?

Die Arbeit grinst,
so komm doch her.
Ich mach dich alle,
mach dich leer.

Der Olle stöhnt,
total verwöhnt,
So mach doch leise,
so ne Scheiße!

Des Lebens edler Gruß
ist only Stress mit Muss.
Der Tag ist da,
er kann mich ma.

Doch was ist das?
Wer macht da Spaß?
S' ist Sonntag, wat?
Den Ollen mach ich platt!

Der nasse Lappen fliegt,
der Olle quiekt.
Das Kissen am Barte pinnt
ihr Tag beginnt.

Teil 2

Kriminelle on Tour in Radeberg (Sachsen)

Kapitel 20

Der Frauenbetrüger Teil 1

Es ist immer wieder verwunderlich, wie Betrüger an ihre "Kunden" kommen. Das "Betrugsgewerbe" ist vermutlich älter als das der Prostitution. Prostituierte haben oft zwei Jobs. Sie gehen tagsüber ihrem Beruf nach, wechseln abends ins Hauptgewerbe und ziehen ihre Kunden im Bett über den Tisch. Kunden betrügen ist leicht. Männliche Prostituierte kombinieren daher oft "Knete mopsen" mit "Möpse kneten", die Glücklichen. Die Betrogenen springen dennoch glücklich aus ihren Betten. Bei reinen Betrügern springen die Opfer höchstens, begleitet von den depressiven Klängen eines länglichen Blasinstrumentes, von der Brücke.

Erfolgreiche Betrüger müssen sehr erfindungsreich sein, doch nicht immer kommen sie damit durch, wie nachfolgende Geschichte zeigt:

In der Holzgasse 3 wohnten fünf Mietparteien, die nicht unterschiedlicher hätten sein können. Unten links wohnte ein Langzeitarbeitsloser, der sich eine große Würgeschlange in einem Terrarium hielt, was die beiden Mütter veranlasste, mit ihren Babys das Treppenhaus nur im Fluchtmodus zu begehen. Unten rechts wohnte ein Alkoholiker, dessen abendliche Ankunft jeder im Haus mitbekam, da er es in seinem Suff nicht schaffte durch die Tür zu wanken. Durch sein Schwanken zog er sie immer in Richtung Treppenhaus auf, verlor das Gleichgewicht, brauchte sie als Stütze, um nicht zu Boden zu gehen und knallte sie schwankend mit vollem Körpergewicht wieder zu. Manchmal knallte es eine halbe

Stunde, knall, puff knall, bis er es schaffte, in die Wohnung zu kommen. Nahezu jeder genervte Bewohner des Hauses hatte ihm nachts schon im Schlafanzug geholfen, in seine Höhle zu gelangen. Über ihm wohnte eine kleine unattraktive pummelige Frau mit O-Beinen und tiefer Stimme, die immer extreme Absatzschuhe trug und ihr Geld aufbesserte, indem sie abends Telefonsex machte. Den Kunden beschrieb sie ihr Äußeres immer genau gegenteilig zu ihrem tatsächlichen Aussehen. Dann hatte sie in ihrer Schilderung lange blonde Haare, Wespentaille und endlose Beine. Wenn sie im Sommer auf dem Balkon saß, konnte die ganze Nachbarschaft ihr bei der Arbeit zuhören. Während sie sich Schokolade und Wein reinzog, legte sie das Telefon auf den Tisch, tauchte ein Lineal in ein Wasserglas und klatschte es sich auf den Unterarm. Dabei dröhnte sie ins Telefon: "Ich geb's dir! Ich geb' s dir!" So hatten alle Hausbewohner etwas davon. Dann gab es noch die Familie des Hauseigentümers (Andrè) mit mehreren Kindern und eine alleinstehende junge Frau (Steffie). Sie hatte jeden zweiten Tag ihre Schwester mit Kind in ihrer kleinen Wohnung zu Besuch und war Verkäuferin in einer Friedhofsgärtnerei. Steffie war ca. 25, ausgesprochen hübsch und stand eindeutig auf gereifte Männer. Wer bei ihr im Laden stand und um die 40 war, hatte also gute Chancen. Leider war sie absolut nicht in der Lage, sich den Richtigen auszusuchen und so wechselten sie ständig.

Eines Tages klingelte Steffie bei Andrè an der Tür um ihm den neuen Hausmitbewohner vorzustellen. Im Schlepptau hatte sie einen Mann, bei dem man sofort merkte, dass er, vorsichtig ausgedrückt, entweder nicht viel Geld oder eine heiden Angst vorm Zahnarzt hatte.

"Hi, das ist Roland, mein neuer Lebensgefährte." Strahlte sie Andrè an, der sofort mit sich selbst eine Wette abschloss, wie lange es diesmal halten würde. " Ich möchte, dass du ihn kennenlernst, hast du kurz Zeit?" Also saß der unbekannte Held des Tages, wie so viele andere vor ihm, auf seiner Terrasse und trank seinen Kaffee. Er sei Kaufmann, erzählte er, habe aber seinen Job aufgegeben, da er nach Sachsen gewollt hätte. Bis er etwas Geeignetes gefunden hätte, würde er in einer Bar um die Ecke Musik auflegen. Es entspann sich eine anregende Unterhaltung, denn er konnte gut erzählen. Unter dem Klatschen des Lineals vom Nachbarbalkon, man winkte sich fröhlich zu, wurde noch eine Flasche Rotwein auf Andrè's Kosten geleert und man ging auseinander. Am nächsten Tag zog der zahnlose, beruflich gerade verhinderte, Finanzexperte im Hause ein. Es war auffällig, dass er sich den ganzen Tag in der Wohnung aufhielt, bis Mittag schlief und eigentlich nichts machte. So verliebt Steffie auch war, die Tatsache, dass er ihr half ihren geringen Lohn durchzubringen, passte ihr gar nicht. Und so kam es, dass Steffie wieder abends bei Andrè auf der Terrasse saß und um Rat fragte. Dieser griff sich Roland und fragte ihm, wie er sich denn seine berufliche Zukunft vorstellen würde. Dabei löste er in Roland etwas aus, was dieser so schnell gar nicht geplant hatte, aber nun in die Tat umsetzte; nur merkte lange Zeit niemand, was geschah. Unter dem Motto: 'Wir lieben uns, also machen wir etwas gemeinsam.' überredete er Steffie, ihren Job aufzugeben und ein eigenes Blumengeschäft zu eröffnen. Sie stürzte sich mit vollem Eifer in das neue Abenteuer und das ganze Haus ging plötzlich Gestecke und Blumen in ihrem kleinen Laden kaufen. Roland blieb weiterhin zu Hause. Angeblich

machte er die Buchhaltung und den Einkauf. Es dauerte
nicht lange, da saß Steffie wieder bei Andrè und beklagte
sich, dass er zu wenig mithelfen würde, das Geschäft zu
wenig abwerfe und sie bald ohne Geld dastünde, wenn
sich nicht etwas ändern würde. Andrè war Abteilungslei-
ter in einem Bauunternehmen und konnte Aufträge ertei-
len. Also schlug er Roland eine Woche später vor, ein Ge-
werbe anzumelden und mit ein oder zwei Leuten Bau-
hilfsleistungen zu erbringen. Er könne ihm mit guten Auf-
trägen helfen. Roland wollte zunächst nicht und dann
wurde es seitens Karola im Haus ein paar Mal laut. Auf
dem Balkon klatschte es feucht, im Treppenhaus alkoho-
lisch motiviert gegen die Tür und in Steffies Wohnung
handflächentrocken auf stoppelig zahnlose Wangen. Und
so entstand eine neue Firma. "Steffies Blumenarrange-
ment - Abteilung Bau" stand im Briefkopf. Als Andrè diese
seltene Kreation eines Unternehmnamens das erste
Mal las, lachte er so laut, dass die Würgeschlange im Erdgeschoss die Maus versehentlich für ein Baby hielt und
sich windend mitfreute. Den Telefonsexkunden wurde
klar, dass es hier einem bösen, bösen Buben, der Strafe
verdiente, mächtig gegeben wurde und der Alkoholiker
verlor für einen Moment die Kontrolle über sein Schwanken und landete direkt durch die offene Tür auf allen Vieren in seinem Flur. So kurios, wie es mit dem Firmenna-
men losging, ging es weiter. Ein Sportstudio in einer benachbarten Stadt hatte unter dem Dach seines Oberge-
schosses Risse entdeckt und diese der Baufirma als Ge-
währleistungsmangel angezeigt. Als dem Eigentümer der
Aufwand der Sanierung klar wurde, der tagelange Unbe-
nutzbarkeit seines gesamten Geschosses bedeutete,

machte Roland den Vorschlag, "Steffies Blumenarrange-
ment - Abteilung Bau" könne sie doch mit Stoff und Tro-
ckengestecken verschwinden lassen. Und so kam es, dass
der erste Auftrag an den Blumen-Bau-Laden, lautete, für
zwei tausend harte Taler "Mängel zu dekorieren". Und
wieder schallte Gelächter durch das Haus.

So ging es munter weiter.

Roland hatte inzwischen zwei Mitarbeiter eingestellt, die
Andrè für ihn ausgesucht hatte, und die Geldsorgen verschwanden. Dann hatte Roland, der nicht krankenversi-
chert war, plötzlich neue Zähne im Mund und beschenkte
seine Liebste in der Weihnachtszeit mit wertvollem
Schmuck. Jetzt saß er wieder den ganzen Tag zuhause -
Ausrede:

„Buchhaltung machen, was sonst. Die Arbeit machten ja
die andere Leute."

Dennoch fehlte wieder ständig Geld. Steffie hatte er voll-
kommen von der Finanzkontrolle abgekoppelt und für
die Bauabteilung ein eigenes Konto ohne Internetban-
king und mit beschränkter Abhebemöglichkeit eröffnet.
Die Kontoauszüge fing er jedes Mal selbst ab, da Steffie
zeitig im Laden stand. Jetzt wurde es wieder laut, sodass
das Sexmobbelchen auf dem Balkon ihren Kunden zur
Beruhigung erklärte, dass sei ein besonders unartiger
Mann und er bekomme jetzt seine verdiente Strafe. Das
törnte diese nur noch mehr an und ihr Umsatz stieg. Zumindest bei ihr hatte die Situation also einen Gewinn
mehrenden Effekt. (7,44 Minuten)

Kapitel 21

Der Frauenbetrüger Teil 2

Eines Morgens war Roland dann plötzlich verschwunden und ging auch nicht mehr ans Telefon. Steffie war völlig verzweifelt, denn er hatte sie komplett ausgeraubt. Seit sie die Post jetzt selbst aus dem Briefkasten nahm, erhielt sie erste und zweite Mahnungen, Pfändungsandrohungen und dann sogar noch den Besuch eines ermittelnden Polizeibeamten. Wie sich herausstellte, hatte Roland überall in der Stadt Einkäufe getätigt, die Rechnungen an den Blumenladen schicken lassen, teilweise die Postboten abgefangen und jegliche Rechnungen und den kompletten Schriftverkehr verschwinden lassen. Steffie hatte er in völliger Ahnungslosigkeit ins Messer laufen lassen. Roland hieß übrigens in Wahrheit nicht Roland sondern Ronald, war nicht 41 Jahre sondern 45 Jahre alt, kam nicht aus Hamburg sondern aus Hannover. Er war ein bundesweit gesuchter Frauenbetrüger, wie sich später herausstellte. Ein paar Wochen später gab es keinen Blumenladen mehr, dafür zwei entlassene Mitarbeiter mit einem offenen Lohn und eine junge Frau, die mit Decken und geschenkten Kerzen einsam in ihrer kalten Wohnung saß. Gott sei Dank hatten die örtlichen Geschäfte und die ehemaligen Mitarbeiter ein Nachsehen mit ihr und verzichteten auf ihre Forderungen. Damit hätte die Geschichte ein Ende haben können, hatte sie aber nicht. Jetzt ging es in die zweite Runde. Ein paar Monate später war Rolands Frau in der Stadt unterwegs, als der Blumenhändler mit seinem Kastenwagen an ihr vorbeifuhr und quietschend anhielt. "Guten Morgen." rief er fröhlich aus dem Fenster. "Wissen Sie, wen ich gesehen habe? Roland! Den dürften sie doch kennen, oder? Er eröffnet gerade in Potsdam zusammen mit einer jungen Frau ein Blumengeschäft. Dachte, dass könnte Sie und Steffie interessieren. Ich habe ihn anhand eines Zeitungsartikels zur Neueröffnung des Ladens erkannt. Er stand dort mit der neuen Ladeninhaberin, auch einer jungen Frau." Abends überredeten Roland und seine Frau, Steffie zur Polizei zu gehen, um Anzeige zu erstatten. " Vielleicht ist ja noch etwas von deinem Geld übrig. So schnell kann er doch nicht alles verprasst haben." Meinten sie. Die Polizei lud Steffie und den Blumenhändler kurzerhand in einen ihrer Wagen und fuhr mit ihnen nach Potsdam. Dort beobachteten sie den Laden und sahen sowohl die Inhaberin, als auch ihren männlichen Unterstützer. Als beide übereinstimmten, dass es sich tatsächlich um Roland handelte, wollten sie am nächsten Morgen zugreifen. Doch, wer war nicht mehr da? Richtig, Roland. Dieser musste Lunte gerochen haben und hatte die Flocke gemacht. Zurück blieb eine weitere betrogene junge Frau mit einem Blumenladen. An dieser Stelle hätte die blumige Geschichte nun wirklich zu Ende sein müssen. War sie aber nicht. Vielmehr nahm sie nun eine überraschende Wendung und ging in die dritte und entscheidende Runde

Zwei Jahre später:

Rolands Mutter wohnte 200 Kilometer entfernt in einer Kleinstadt, die beidseitig eines Flusstals gelegen war. Auf der einen Seite des Berges befanden sich die Kreisstation der Polizei sowie ein Krankenhaus. Im Tal war die Altstadt und auf der anderen Seite wohnte Andrè's Mutter.

Sie hatte sich ein Bein gebrochen und humpelte an einem sonnigen Wochentag auf dem Rückweg vom Krankenhaus mit zwei Krücken über den Neumarkt. Dort stellten gerade Kellner Tische und Stühle vor einer Gastwirtschaft auf. Einer sah verdächtig nach Roland aus und so rief sie Andrè an, um sich zu versichern, was jetzt zu tun sei. Nach dem Telefonat ließ sie sich von ihren Krücken den Berg wieder zurücktragen und berichtete in der Polizeiwache von ihrem Verdacht. Zunächst fühlte sie sich nicht ernstgenommen, da scheinbar nichts passierte. Doch dann wurde sie in einen Streifenwagen gesetzt und es stellte sich heraus, dass inzwischen die ganze Innenstadt um den Markt herum bereits abgeriegelt worden war. Dann strömten Polizisten von allen Seiten auf den Markt. Roland oder Ronald wirkte überhaupt nicht überrascht und ließ sich ohne jede Gegenwehr festnehmen. Er wurde in einem Prozess zu zwei Jahren Haft verurteilt. Zum damaligen Zeitpunkt waren 49 Frauen bekannt, die er auf die eine oder andere Art ausgenommen hatte. Nicht jede hatte ihn allerdings angezeigt und beim Strafmaß zählen nur einige wenige der der schlimmsten Straftaten. Eine Geschäftseröffnung war dabei sein Favorit.

Ein paar Wochen später verschwand das dicke Sexpummelchen bei Nacht und Nebel und warf ihre Schlüssel in Andrè's Briefkasten. Die Wohnung verließ sie in einem Zustand, der mehr als 2.000 DM Reparaturkosten verursachte. Leicht brennbares Styropor an den Decken, hochfestes lila Warnband auf dem Furnier der Türen und nach nur drei Jahren erneuerbarer Bodenbelag, war die Bilanz. Steffie war wieder in ihren alten Job in der Friedhofsgärtnerei zurückgekehrt und es ging ihr wieder besser. Allerdings war sie aus Angst vor einem frühzeitig entlassenen

Ronald und seiner Rache ausgezogen, in der Hoffnung von ihm nicht gefunden zu werden.

Die Frauen setzten durch, dass die Würgeschlange aus dem Haus kam und der Alkoholiker bekam sein Leben auch wieder in den Griff. Und so kehrte in dem gemütlichen Kleinstadthaus in der Altstadt für kurze Zeit die Normalität zurück. Andrè's Mutter wurde noch einige Zeit scherzend als Miss Marple bezeichnet.

Die Beteiligten hatten jedoch, als er nach zwei Jahren tatsächlich entlassen wurde, allesamt ein mulmiges Gefühl, waren sie doch für Roland, oder sagen wir lieber richtig, Ronald leicht aufspürbar.

Kriminelles:

2021 wurde über einen gewissen „Danny Steinbach" berichtet. Der 30-jähtigr Liebesbetrüger aus dem Vogtland betrog mehrere Frauen aus Südwestsachsen. Dazu nutzte er Datingportale und Facebook. Er ließ sich Geld leihen, indem er gut ausgedachte Betrugsgeschichten erfand.

Der bekannteste Betrüger war wohl Christophe Rocancourt, der die Damenwelt um ca. 40 Millionen US-Dollar erleichterte.

Kapitel 22

Der Unternehmensbetrüger Teil 1
Der Vielfraß

Wer als Unternehmer für sich selbst tätig ist, hat Widrigkeiten zu überwinden, auf die er nicht im Traum je gekommen wäre. Mal ist es ein kompetenzbewusster Mitarbeiter, welcher der Auffassung ist, dass flexible Arbeitszeiten bedeuten, dass man nicht immer zur Arbeit kommen müsse oder ein holder Lehrling, der für mehr Sicherheit am Arbeitsplatz sorgt, indem er dort, nach zu viel nächtlichem Alkohol, seinen wohlverdienten Schönheitsschlaf nachholt. Dann ist es mal wieder ein Auftraggeber mit Familiensinn, der glaubt, dass die vertragliche Vergütung von Bauleistungen eine "kann - aber - muss - nicht - Regelung" sei und der das Geld lieber gewinnbringend bei seiner Frau anlegt als beim Vertragspartner. Immer wiederkehrend ist auch der Besuch des Gottes für kaputtes Werkzeug und defekte Fahrzeuge. Alle schlagen immer mal wieder erbarmungslos zu, wie die Ehefrau mit dem Nudelholz, wenn der zarte Gatte fremdgeht.

Dass aber Nahrungsmittelaufnahme von Gewerbemietern auch dazu gehört, wird in keiner Existenzgründerschulung gelehrt und ist auch Immobilienmaklern weitestgehend unbekannt.

Johann stand stolz auf seinem Platz und schaute sich um. Er war seit wenigen Jahren Bauunternehmer und hatte jetzt endlich ein Firmengebäude. Mit eigenen Mitteln und Fördergeldern hatte er im letzten Jahr eine alte Ruine, ei-

nen feuchten und vergammelten Betonbau aus den 60i-
gern, auf Hochglanz polieren können. Allerdings war der
Büroteil etwas zu groß und so hatte er per Annonce nach
Mietern gesucht. Erfolgreich, denn es waren in den letzten Wochen bereits eine Tischlerei im Werkstattbereich,
eine Werbeunternehmen, im Keller eine Rockband und
eine Solarfirma eingezogen. Jetzt war noch ein Büroraum
frei. Der Bürotrakt hatte 11 Büroräume, WC und Küche
und im breiten Gang standen für Besucher und Mitarbeiter ein paar große Grünpflanzen, zwei Sessel, ein Tisch
und ein Sofa. 'Perfekt', dachte er sich. 'Jetzt noch das
letzte Büro vermieten, dann trägt sich das Gebäude mit
seinem Kredit von selbst.' Es dauerte jedoch noch einige
Zeit, dann fuhr eines frühen Morgens ein dicker Mercedes
vor. In der Tür stand ein Mann mit Ziegenbart, dessen
Leibesfülle jeden dicken Winkebuddha hätte ehrfürchtig
sein Grinsen verlieren lassen. Wobei man sagen muss,
dass dieser Vergleich hinkt. Buddha ist nur in unseren
Breitengraden ein mobbliger Grinsi.

Jedenfalls quetschte er sich ächzend durch die Tür, sodass Johann für einen kurzen Augenblick ein Bild von einem beidseitig in Hüfthöhe ausgerissene Türrahmen in
den Sinn kam. "Guten Morgen. Wie kann ich Ihnen helfen?" Begrüßte er den Besucher. "Wenn es etwas länger
dauert, müssten Sie mich nur für 10 Minuten entschuldigen. Ich muss kurz mit meinen Leuten sprechen, bevor
sie auf die Baustellen ausschwärmen." "Kein Problem, ich
warte solange." meinte der Herr und ließ sich vor ihm in
einem der Bürostühle nieder, der prompt ein Mitleid er-
regendes Geräusch von nahender Instabilität sich gab. "
Darf ich Ihnen in der Zwischenzeit einen Kaffee bringen
lassen?" "Gern, mit vier Stück Zucker, weiß, bitte."

Johann gab seiner Sekretärin Bescheid, dass sie bitte noch einige Kekse reichen sollte und eilte auf den Bauhof. Als er wenig später zurückkam, hatte der Gast bereits die gesamte Kekspackung aufgefuttert, und saß bei der dritten Tasse heißen Kaffees, den er in sich hineinschlürfte, als bestünden Mund und Rachen aus feuerfestem Asbest.

"Also", fing er mit vollem Mund an, "ich suche ein Büro und habe Ihre Annonce gelesen. Ich bin Unternehmensberater, mache Steuererklärungen, monatliche betriebswirtschaftliche Analysen und bin Justitiar." Das klang wirklich gut und so wurden sich Johann und sein zukünftiger Mieter, der sich als Gustav vorstellte, schnell einig. Ein paar Tage später zog er ein und man einigte sich darauf, dass im Mietpreis Internet und Telefon im Preis inbegriffen seien und er die Küche, also auch den Kühlschrank mitnutzen könne. Etwas Dümmeres hätte Johann nicht tun können. Nicht nur, dass Gustav fast ausschließlich ins Ausland telefonierte, er betrachtete auch den Kühlschrank und dessen Inhalt als sein Eigentum. Egal wer etwas hineinstellte, man konnte sich nicht sicher sein, es am nächsten Tag noch vorzufinden. Gustav schien auch chronisch pleite zu sein und so einigten sich die Beiden, dass die Miete entfallen würde, wenn er die Rechtsberatung, Jahresabschlüsse und das monatliche Berichtswesen der GmbH übernehmen würde. In den Kühlschrank stellte das Büropersonal nur noch Salat. Den, so hatte man festgestellt, ignorierte er geflissentlich genauso wie jede Kritik an seinem unbefugten Zugriff auf fremde Nahrungsmittel. Damit ging der Lebensmittelskandal in seine zweite Runde. Als nur noch Salat verfügbar war, ging Gustav in eine benachbarte Gaststätte, wo er sich mit dem ebenfalls korpulenten Wirt anfreundete.

Nach mehreren Wochen hatte er ihn allerdings soweit, dass dieser drauf und dran war, die frische Freundschaft aufzukündigen. Gustav hatte sich anfangs kleine Portionen bringen lassen und dann um Nachschlag gebeten. Dann erhöhte er auf normale Portionen mit Nachschlag, nur um dann auf bereits gehäufte Portionen zuzüglich eines Nachschlags überzugehen. Als der Wirt das Spiel nicht mehr mitmachen wollte, drang er auf ihn ein, er könne ihm ja die Reste zum Schluss der Küche überlassen, er mache ihm auch die Buchhaltung. Es war für Johann immer wie ein Sketch, wenn er die beiden monatelang um Essensreste streiten und diskutieren sah. Immerhin aß der Wirt fast genauso viel wie Gustav. Johann grinste darüber und dachte nicht weiter darüber nach, auf welche Ideen ein 240 Kilo-Mann kommen konnte, wenn er gezwungen war am Essen zu sparen. Schinken-Gustav, so hieß er inzwischen mit Spitznamen, hatte aber gar keine eigene Wohnung. Meist quartierte er sich bei Mandanten ein und wusch dort seine Wäsche. Gelang dies nicht, schlief er auf dem Fußboden im Büro. Das bekam gar niemand mit, weil er zu den Bürozeiten immer am Schreibtisch saß. Der bedauernswerte "Hungerhaken" holte sich die merkwürdigsten Sachen. Eines Morgens Schloss die Kauffrau gegen 6 Uhr die Haustür auf, machte das Licht an und trat in den Flur. Den Anblick, der zu einem ersten Personalgespräch mit Johann führte, würde sie nie wieder vergessen. Schinken-Gustav saß in jungfräulicher Nacktheit, so wie ihn der liebe Gott hatte erdicken lassen auf der Couch. In der Hand hielt er eine 1000 Gramm - Packung gemischtes Hackfleisch zum Anbraten. In die Originalpackung hatte er sich sechs rohe Eier eingemischt und stopfte die grauenvolle Mischung ungewürzt in sich hinein. Dazu hatte er als Nachtisch noch eine 500 Gramm Schokoladeneis und vier große kalte Bockwürste vor sich stehen. Als die Dame überraschend vor ihm stand und ihn entsetzt anstarrte, erwies er sich als vollendeter Gentleman. Er stellte das Essen ab und kam ihr in vollendeter Manier und jungfräulicher Nacktheit entgegen. Mit ausgestreckter Hand nutzte er die Gunst der Minute: "Guten Morgen. Schön, dass sie schon da sind. Ich würde gern einen Kaffee trinken." Nun ist es unwahrscheinlich, dass sein kleiner Kollege unter all den Fleischmassen sichtbar wurde, dennoch schüttelte es die so liebevoll und ansprechend begrüßte Dame am ganzen Körper. Sie dachte gar nicht daran, die ausgestreckte Hand zu ergreifen oder gar zur Kaffeemaschine zu stürzen. "Ziehen Sie sich an und verschwinden Sie aus dem Flur. Sie müssen doch nicht mehr ganz bei Trost sein!" Zischte sie ihn an. "Oh! Ja! Selbstverständlich!" Meinte er und stand noch etwas unschlüssig herum. Vermutlich wägte er gerade ab, ob er sein Essen würde stehen lassen können oder ob die Kauffrau sich hinter seinem Rücken darüber her machen würde. Eine Stunde später hatte Johann eine wütende Mitarbeiterin im Büro stehen, die mit personellen Konsequenzen drohte, wenn das nochmal passieren sollte. Außerdem würde sie sich nie wieder auf das Sofa setzen, egal wie gründlich es gereinigt werden würde. Johann versprach, alles in seinen Kräften Stehende zu tun und mit Gustav zu reden. Eine Woche später hielt er eine Telefonrechnung über Auslandstelefonate in Höhe der dreifachen Büromiete in der Hand. Da kam ihm zum ersten Mal der Gedanke an einen Fleischwolf, durch den er Gustav drehen wollte. Allerdings - wo gab es einen mit solchen Dimensionen?

Und dann ging es zum Finale. Gustav war die erste kaufmännische Analyse schuldig geblieben und hatte mehrere Mahnungen zur Erledigung ignoriert. Als es laut wurde, setzte er sich hin und versprach am Wochenende alles fertig zu machen. Johann hatte aus den Erfahrungen mit ihm gleich Grenzen gesetzt. Am Wochenende würde er höchstens telefonisch zur Verfügung stehen, da sein mittlerer Sohn Kindergeburtstag feierte. An die 12 Kinder wurden erwartet.

Eine bessere Information hätte Gustav gar nicht bekommen können.

Pünktlich 18 Uhr, also zum Abendessen stand er vor der Tür und behauptete unbedingt noch ein paar Informationen zu benötigen. Johann konnte ihn schlecht abweisen, zumal die BWA dringend war. Also bat er ihn hinein und parkte ihn dort zwischen, um die Kinder aus dem Garten einzusammeln. Seine Gattin hatte unvorsichtigerweise mehrere Schüsseln mit Bockwürstchen, Bouletten und Schnitzel auf dem Tisch stehen lassen und Gustav angeboten, er könne sich ein paar Würstchen nehmen. Als Johann mit den Kindern zurückkam, fand er Schinken-Gustav vor, wie er sich gerade die letzte Boulette in den Mund schob. Alle Schüsseln waren leer. Johann ließ Gustav nie wieder seine Wohnung betreten. Jeder stirbt oder frisst eben für sich allein.

Anderthalb Jahre tobte der Kampf ums Essen, dann war Gustav ohne Kündigung spurlos verschwunden. Im Büro kehrte jedoch nur für kurze Zeit wieder Ruhe ein.

Wenn es in dieser Zeit doch nur bei Fütterungsproblemen geblieben wäre...

Kapitel 23

Der Unternehmensbetrüger Teil 2

Abhängige Unternehmer vor dem Ruin und Lügen über Lügen

Gustav war ein extrem fähiger Unternehmensbetrüger. Seine 220-240 Kilogramm, die Waage endete leider bei 210 Kilo, konnte man als fettigen Schmelztiegel der verschiedensten guten und schlechten Fertigkeiten betrachten. Da standen Lügen gepaart mit Hilfsbereitschaft zusammen und Redefertigkeit, gute Bildung und Sachwissen, gepaart mit Bauernschläue und hoher krimineller Energie. Er wirkte einerseits schutzbedürftig und Mitleid erregend, andererseits tröstete er seine Opfer und hielt die Unternehmer bei der Stange, indem er ihnen Trost und Hoffnung spendete. Dabei riss er sie alle in den Abgrund mit. Er zog sie über den Tisch, bis sie selbigen nicht mehr hatten. Er füllte den Leuten die Taschen mit Unwahrheiten und leerte parallel ihre Geldbörsen. Übrig blieben ruinierte Existenzen und unaufgeklärte Unwahrheiten.

Da gab es eine ältere Dame und Inhaberin einer norddeutschen Apothekenkette, die eines Tages bei Johann im Büro stand. Weinend und schluchzend erzählte sie ihm, wie sie die erste Filiale schließen, ihre Pferde verkaufen und den Tennisclub kündigen musste. „Meine ganzen Ersparnisse sind erschöpft. Mein Mann ist im letzten Jahr verstorben und nun kommen die ersten Gemälde aus unserem Haus unter den Hammer." Erzählte sie unter Tränen. „Sie können sich nicht vorstellen, wie froh ich war, als Gustav wie ein leuchtender Retter am Himmel auftauchte und mir erklärte, ich könne vom Finanzamt viel Geld zurückerhalten. Die ganze Buchhaltung sei zu meinen Ungunsten falsch erstellt worden. Er könne mich jetzt retten. Doch dann verschwand er mit den Unterlagen, war nur noch selten erreichbar und jetzt schlägt das Finanzamt mit einer horrenden Schätzung zu und ich stehe vor dem Bankrott. Ich hätte ihm nie Zugriff auf mein Konto gewähren dürfen." Sie war beim Erzählen derart mit den Nerven fertig, dass ihr Johann ein Zimmer freiräumte und sie dort übernachten ließ. „Langsam verkommt mein Büro zu einem kostenfreien Hotel." Dachte er sich schweren Herzens. Zwei Tage gab es Auseinandersetzungen zwischen ihr und Gustav. Dann reiste sie wieder ab. Telefonisch verfolgte Johann noch eine Zeitlang mit, wie sie nach und nach alles verlor. Dann riss der Kontakt plötzlich ab. Gustav winkte lakonisch ab und meinte: „Sie hat doch ihren Laden selbst in Not gebracht, nicht ich. War eben zu spät. Ich hätte eher da sein müssen." Klang logisch, war aber gelogen. Das war erst der Auftakt.

Die Masche bestand darin: jemanden zu finden, der in Not ist, Hilfe anzubieten, Rettung in Aussicht zu stellen, sich wie ein Kuckucksei einzunisten, den Mandanten in Abhängigkeit zubringen, Kontovollmacht zu erlangen und wenn alles den Bach runter war, ins nächste Nest zu flattern. Dabei hielt er sich gleichzeitig mehrere Nester warm. Früher oder später waren die Kunden dann doch entweder durch das Finanzamt oder per Rechtsweg pleite. Spätestens dann saß Gustav bereits im nächsten Nest. Neben der Apothekenkette gab es noch ein Autohaus, dessen Inhaber ihn verzweifelt sogar für mehrere Tage einsperrte, bis er die Buchhaltung fertiggestellt hatte. Dann gab es in Bayern die Gebrüder Silber, welche Flugzeugteile für ein großes Unternehmen zulieferte und einen Immobilienhai, der in einer Grenzstadt zu Polen schöne alte Häuser aufgekauft und saniert hatte, leider aber nicht genügend Mieter fand.

In Wiesbaden gab es eine Servicegesellschaft, die er vor Gericht vertrat und die Insolvenz anmeldete. Auch für den Gründer und Erbauer des in Hessen liegenden Pflegezentrums Schwalmstadt, war Gustav der Sargnagel zum verlorengegangenen Erfolg.

Kapitel 24

Der Unternehmensbetrüger Teil 3 Mercedes-Eintreibertruppe, Polizeieinsatz, Lügen, SM und Messer

Der Häuslesanierer hatte einen teuren Mercedes geleast, sie wissen schon, so ein Luxusmodell, das mit dem Fahrer anfängt zu streiten, ob er eine Pause machen soll oder nicht, und konnte jetzt die Leasingrate nicht bezahlen. Man erinnere sich, das war das Fahrzeug, mit welchem Gustav in Radeberg vor Johanns Firmengebäude vorgefahren war. Mit der Bemerkung: „Ich nehme das Fahrzeug jetzt erstmal mit und ich kläre das Problem der offenen Raten für Sie." hatte er es dem Immobilienbesitzer vom Hof gefahren.

Johann ahnte von alldem nichts. Eines Tages hatte er eine Auftragsverhandlung beim Max-Planck-Institut und wollte gerade los, als Gustav gut gelaunt auf ihn zutrat. (Er hatte gerade ein großzügiges Mittagsmahl zu sich genommen.) „Johann, du könntest mit meinem Mercedes fahren. Das macht auch Eindruck, wenn man mit so einem Fahrzeug vorfährt." „Klasse, gern." Freute sich Johann. Eindruck mit einem Auto schinden kam ihm eigentlich nicht in den Sinn. Das funktionierte höchstens in Bayern oder überhaupt im Westen, wo man eine stabile gesunde Unternehmensführung aus der Größe des Fahrzeuges schlussfolgerte. Im Osten war eher der Hundefänger mit Blaumann gefordert, was darauf schließen ließ, dass der Unternehmer sein Handwerk verstand. Doch mal in so einem guten Auto sitzen, dass machte bestimmt Spaß. Er hätte es lieber lassen sollen. Nicht nur, dass im Armaturenbrett alle möglichen Warnzeichen aufleuchteten, auf dem Rückweg wurde er bei einer Verkehrskontrolle geblitzt und jetzt kam auf verrückte Art und Weise heraus, dass das Auto überhaupt nicht in Gustavs Besitz war, sondern schon lange gesucht wurde.

Zwei Wochen später Johann war im Gespräch mit der Kauffrau, als die Klingel ertönte und unten an der Haussprechanlage jemand nach Gustav fragte. Dieser war inzwischen immer öfter nicht im Hause anwesend. An diesem Tag saß er jedoch in seinem Büro und erhöhte die Auslandskosten der Telefongesellschaft. Angeblich handelte es sich um die Vermittlung des Verkaufs eines Londoner Gebäudes der Münchner Löwenbrauerei. "Deswegen muss ich für drei Tage nach Italien und mich mit wichtigen Kaufinteressenten treffen. Wenn es klappt, dann habe ich so viel Geld, dass ich deine Schulden bezahlen kann. Ich verhandele mit der Mafia, also pssst." hatte er verkündet und Johann damit nur ein müdes Lächeln entlockt. Diesen Unsinn glaubte er keine Sekunde. Jedoch hatte er einen hohen Zahlungsausfall erlitten und war in eine Notlage geraten, die er sich nie hätte erträumen lassen. Also flackerte dennoch ein Fünkchen Hoffnung in ihm hoch. Aus psychologischen Gründen heraus funktionieren Betrügereien erst. Als Gustav erfuhr, dass unten Leute auf ihn warteten, wurde er hektisch. Wenn sich 220 Kilo überhaupt schnell bewegen können, so erreichte er in der Disziplin „korpulenter Treppenlauf" neuen olympischen Rekord. Mit einer obligatorischen kleinen Handtasche bewaffnet, walzte er, die Worte: "So ein Mist! So ein Mist!" vor sich hinmurmelnd, die Treppe hinunter. Johann war auf seinen Balkon geeilt und beobachtete zusammen mit seiner Kauffrau das sich anbahnende Schauspiel. Fünf schwarz gekleidete Männer standen vor der Tür. Als Gustav aus dem Haus trat, wurde er von ihnen umzingelt. Eine scheinbar erregte Diskussion begann. Gustav begann heftig mit den, angesichts seiner Leibesfülle viel zu kurz wirkenden, Armen herumzufuchteln, so als ob er kurz vor einem Flugversuch stehen würde. Dann öffneten die Männer ihren Kreis und stellten sich um den Mercedes, der mitten auf dem Vorplatz stand. Gustav setzte sich hinein und einer zeigte ihm, wo er den Wagen an die Hauswand hinstellen sollte. Dieser funktionierte nur mit Fingerabdruck, war also nur von Gustav und inzwischen auch von Johann bedienbar. Doch statt einzuparken, gab Gustav Gas. Die Männer sprangen wild auseinander und der Mercedes schoss mit quietschenden Reifen vom Hof. Es dauerte zwei Wochen, bis sich Gustav telefonisch meldete und weitere drei Wochen, bis er wieder auftauchte - wieder mit Mercedes. Es stellte sich heraus, dass er nur knapp einer Eintreibertruppe des geprellten Autohauses entgangen war. Ob diese ihn wegen dem Blitzer hatten aufspüren können, blieb allerdings unklar. Gustav behauptete, die Probleme des Eigentümers seien inzwischen geklärt. Irgendwie glaubten ihm alle. Nicht geklärt war jedoch die liegen gebliebene betriebliche Auswertung von Johann, die das Finanzamt erwartete. Es zeigten sich unmerklich erste Parallelen zu Gustavs anderen Mandanten. Für Streit darüber war jedoch nicht viel Zeit, obwohl Johann jede freie Minute nutzte, um Gustav unter Druck zu setzen. Ein Zahlungsausfall von knapp einer viertel Million hatte Johanns Liquidität innerhalb von vier Wochen auf faktisch null gesetzt. Weil sich ein Mieter für das gesamte Gebäude gemeldet und versprochen hatte, die meisten Mietverträge zu behalten, hatte er alle Mietverträge auf den neuen Gesamtmieter übertragen und damit seine finanzielle Situation etwas verbessert. Jedoch war die erste Mietzahlung bereits überfällig. Ein Unglück kommt eben selten allein. Die Nerven lagen also blank. Genau solche Situationen waren für Gustav ideal. Er verbreitete puren Optimismus obwohl es keinerlei Anlass dazu gab, außer vielleicht für ihn selbst. Johann hatte einen Auftrag, in einer Militärkaserne in Bayern abzuarbeiten und war für zwei Wochen auswärts. Um Geld zu sparen, schlief er in Decken eingehüllt im Wald, als ihn eines Morgens ein Anruf weckte. Einer seiner ehemaligen Mieter war am Telefon. "Moin, Johann." rief er aufgeregt ins Telefon. "Ich wollte dich nur darüber informieren, dass soeben die Polizei, bewaffnet mit halb-automatischen Waffen, in unser Gebäude eingedrungen ist. Es geht anscheinend um Gustav. Deine Kauffrau war zufällig etwas früher da und sperrte alle Türen auf, sonst hättest du jetzt aufgebrochene Türen." Johann fiel die Kinnlade herunter. "Bedeutet das, dass die die Rechner mitnehmen und ich am Wochenende keine Rechnungen stellen kann?" "Ich frage sie mal." meinte der Unternehmer am anderen Ende. 'Dieser Gustav scheint ja ein ganz schönes Früchtchen zu sein.' dachte Johann bei sich. Es beschlich ihn ein schuldbewusstes Gefühl, einfach nur, weil dieser Typ sein Mieter war und er ihm seine Unterlagen anvertraut hatte. Bereits ein halbes Jahr ging die Diskussion um den überfälligen Jahresabschluss. Und es wurde langsam eng. Wenn Gustav Dreck am Stecken hatte und verhaftet wurde, dann hatte Johann ein kaum lösbares Problem. Die Rechner standen am Wochenende aber dann doch an ihrem Platz. Man hatte vom Server und den Arbeitsplatzrechnern jeweils Kopien gefertigt. Gustav war vorgeladen worden und kam nach vielen Stunden aus der Polizeistation wieder zurück. Man hätte ihn nur verwechselt: gleicher Namen, anderer Geburtstag. Das kam Johann bekannt vor. Er hatte Jahre vorher einen Frauenbetrüger im privaten Wohnhaus, der ähnlich agiert hatte. Falschaussagen nachweisen, konnte man keinem von beiden, höchstens die Wahrscheinlichkeit ihres sonstigen Geredes in Frage stellen.

Ein paar Wochen später war Johann soweit, dass er Gustav gegenüber fast handgreiflich wurde. Dieser hatte keinen Handgriff für ihn gerührt, aber schon wieder fast einen Tausender Telefonkosten verursacht. Gustav merkte aber, dass er eine unsichtbare Grenze überschritten hatte und hatte zugesichert, erst wieder zu verschwinden, wenn alle Steuerunterlagen fertig waren. Diese für ihn ungewohnte Form temporärer Sesshaftigkeit veranlasste ihn zur nächsten Aktion. "Wenn ich schon dableibe, dann werde ich eine Bekannte aus Österreich anrufen, ob sie mich besuchen kommt." verkündete er. Damit begann eine der bizarrsten Wochen, die Johann je erleben sollte.

Montag

In den letzten Wochen hatte er die meisten Mitarbeiter entlassen müssen und für die noch offenen Aufträge Nachunternehmer unter Vertrag genommen. Einer davon war ein Türke, der seinerseits wiederum einen Kurden als Subunternehmer unter Vertrag hatte. Dieser brachte nun gemeinsam mit Frau und Tochter in einem Leipziger Lebensmittelmarkt den Innenputz an. Der hohe Zahlungsausfall brachte es jedoch mit sich, dass von der Hand in den Mund gelebt wurde. Zahlte jemand später, pflanzte sich das in der Vertragskette fort. Also musste der Türke vier bis fünf Wochen länger auf sein Geld warten, als vereinbart war. Dies gab er einfach an den Kurden weiter, welcher daraufhin an einem Wochenende seinen Bauhof in Leipzig aufbrach und ihm die ganze Technik vom Hof fuhr. Die ethnische Problematik zwischen Türken und Kurden dürfte hinlänglich bekannt sein. Die Gewalt zwischen beiden Völkern zog jetzt in Johanns Leben ein. Der Türke kam derart wutentbrannt in sein Büro, dass die Kauffrau flüchtete und sich darauf vorbereitete, Polizei und Krankenhaus zu rufen.

Der „Gast" knallte die Tür hinter sich zu und warf mit wütenden Blicken ein paar Bilder auf Johanns Schreibtisch. Darauf waren dessen Kinder zu sehen, wie sie früh mit Schulranzen das Haus verließen. „Die kommen auch mit vier Finger durchs Leben" schnaubte der Türke". Der entsetzte Johann versuchte ihn zu beruhigen. „Jetzt kommen sie erstmal runter. Ihr Geld ist in keiner Gefahr. Die fünftausend Mark kommen nur vier bis fünf Wochen später. Davon sind drei bereits herum." Das brachte den wütenden Mann aber nur noch mehr auf. Er zog ein langes Messer aus der Tasche und rammte es in den Tisch. „Vier Finger pro Hand. Das gilt auch für ihre Frau. Es sei denn, ich bekomme in dieser Woche noch mein Geld. Bar!" Dann verschwand er. Die Türen ließ er offenstehen.

Dienstag

Johann und seine Kauffrau durchforsten Zeitung und Internet nach Kaufgesuchen und bieten den VW zum Kauf an.

Mittwoch

Johann hatte, nachdem er ein Pfandhaus als mögliche Lösung ausgeschlossen hatte, einen Käufer für sein VW gefunden und verscherbelte diesen mit viel Verlust an einen Russen; natürlich mittels Bargeld. Dann stieg er auf einen der beiden verbliebenen Transporter um.

Donnerstag

Das Geld wird dem Türken an einer Autobahnraststätte übergeben. Dieser ist plötzlich wieder so nett, wie bei Vertragsabschluss.

Freitag

„Ich werde dir helfen Johann." meinte Gustav zu Johann. „Der Verkauf des Bürogebäudes der Löwenbrauerei in London steht knapp vor dem Abschluss. Ich leihe dir das Geld, ohne Zinsen. Mit deinen Gläubigern vereinbare ich Raten, das ist ja mein Job." ‚Klingt nach einem Plan.' dachte Johann. Aber die Hoffnung stirbt eben zuletzt. „Ach ja, ich bekomme am Samstag Damenbesuch. Könntest du sie vom Bahnhof abholen und uns etwas zum Essen besorgen? Ich komme hier nicht weg, da ich mitten in deiner Steuersache stecke. Ich werde mit den Unterlagen in deinen Besprechungsraum umziehen und mein Büro etwas aufräumen." Jetzt machte sich die Abhängigkeit bereits in einer Form bemerkbar, bei der der mehrfache Familienvater und Geschäftsführer für seinen Mieter am Wochenende einkaufen ging und Anstandsdame spielte.

Johann kniete am Nachmittag auf dem Boden und sortierte Kisten mit Unterlagen seiner Mandanten. Die Kauffrau hatte er überreden können, ihm beim Aufräumen zu helfen. Er sortierte. Sie räumte widerwillig liederliche Schränke auf. Als sie eine grob hineingestopfte Tasche aus einem Fach nahm, fing die Tasche an zu brummen. „Gustav, da hat sich eine Zahnbürste oder ein Rasierapparat eingeschalten." meinte sie und wollte die Tasche öffnen. So schnell konnte sie gar nicht reagieren, wie ihr der auf dem Boden sitzende Gustav die Tasche aus der Hand gerissen hatte. „Die geht Sie nichts an. Pfoten weg." fauchte er, woraufhin sie mit den Worten „Dann mache doch deinen Mist allein." das Zimmer verließ. Johann, war in den Flur getreten und beobachtete durch die offene Tür ein bizarres Bild. Gustav hatte einen sich windenden Umschnalldildo in der Hand und diverse Sexspielzeuge, wie Handschellen und Peitschen um sich liegen und völlig vergessen, dass man ihn durch die Tür beobachten konnte. Die Kauffrau betrat nie wieder sein Büro.

Samstag

Am Bahnhof stiegen zwei wunderschöne blonde Frauen aus dem Zug; Mutter und Tochter, wie sich herausstellte. Die Tochter machte einen wütenden Eindruck und sprach kein Wort, während die Mutter aufgeräumt und fröhlich wirkte. Im Büro bewirtete Johann die beiden Frauen und betrieb fast eine Stunde höfliche Konversation bis Gustav erschien.

Danach wollte er sich seiner Arbeit widmen, doch Gustav bat ihn, das Gebäude zu verlassen. „Warum sollte ich das tun?" fragte Johann erstaunt. „Ich muss Rechnungen schreiben. Du weißt, wie wichtig der Zahlungsfluss für mich ist." Gustav zog die Tür hinter sich zu und senkte die Stimme: „Das muss jetzt unter uns bleiben. Ich bin praktizierender Sadist und die beiden Frauen sind meine Gespielinnen. Du verstehst? Hier kann es laut werden. Deswegen habe ich auch mein Zimmer frei geräumt." Johann schaute den fettleibigen Mann mit den ausgebrochenen Zähnen, der unreinen Haut und dem ungepflegten Ziegenbart von oben bis unten an. Der und die beiden attraktiven und viel jüngeren Frauen? Mutter und Tochter und die Tasche mit dem Sexspielzeug? Als die Phantasie mit ihm durchging, flüchtete er freiwillig aus seinem Gebäude. Es schüttelte ihn am ganzen Körper. Wenn die Sache mit den Steuerunterlegen und das Hilfeversprechen nicht gewesen wären, hätte er ihn kurzerhand aus dem Gebäude geworfen. Das gruselige Kopfkino bekam Johann nie wieder aus dem Kopf.

Als die Steuerunterlagen mit fast einem Jahr Verspätung fertig waren, hatte Johann bereits eine Pfändung des Finanzamtes, auf der Basis einer Gewinnschätzung, auf dem Tisch und der Gesamtmieter des Gebäudes hatte sich als insolvent herausgestellt. Er kassierte vorübergehend die Miete der vorhandenen Mieter ein, ohne selbst zu zahlen.

Game Over.

Gustav verschwand, als es nichts mehr zu holen gab. „Ich werde aus Ungarn Drogen schmuggeln und dich von dem

Erlös freikaufen." versprach er noch. ‚Ja, ja, ganz bestimmt!' dachte Johann. ‚Bring mir vom Raumschiff Enterprise noch ein paar Barren goldgepresstes Latinum mit, du Lügner. Ich bin froh, dich loszuwerden.'

Von Gustav ward nie wieder etwas gehört. Ein paar Jahre später kam ein Gerücht auf, dass man ihn in Ungarn mit Drogen verhaftet hätte. Noch ein paar Jahre später soll er angeblich vor Johanns zwischenzeitlich versteigerten Firmengelände gesehen worden sein. Aber ob das tatsächlich so war?

Nachtrag 1:

Die betrieblichen Schulden arbeitete Johann mit Hilfe zweier befreundeter Unternehmer, welche auf ihre Gewinne verzichteten, in den nächsten zwei Jahren soweit auf, dass keine Insolvenzgefahr mehr bestanden hätte. Johann beantragte ALG-II. Die Bedarfsgemeinschaft bekam jedoch die Grundversorgung abgelehnt. Man forderte Wertgutachten der Immobilien, Jahresabschlüsse, Einkommenssteuererklärungen etc. Die Familie war durch die Ablehnung mit ihren Kindern sogar zeitweise ohne Krankenversicherung und musste mit 1,25€ pro Tag und Person auskommen. Die Begründung des Amtes war: man verweigere die Mitwirkung. Ohne Geldmittel darf man aber niemanden beauftragen, auch keine Steuerberater oder den Wert einer Immobilie ermitteln lassen. Das wurde von Johann gefordert, hätte aber fast 30.000€ gekostet, die nicht mehr vorhanden waren. Ohne ALGII-Bescheid gibt es aber nicht einmal Zutritt zur Tafel. Als die Mieter aus seinem privaten Haus von der Notlage erfuhren, probierten sie aus was passieren würde, wenn sie nicht mehr volle Miete zahlen würden. Erfreulich für sie, dass das Experiment gelang. Die Bank kündigte aber Johann und alles brach zusammen. Heute erinnern nur noch zwei sanierte Gebäude daran. Die Krise wurde jedoch schnell überwunden. Jedes Ende stellt auch einen Anfang dar.

Nachtrag 2:
Sechs Jahre nach Erstantrag auf Grundsicherung wurde per Gerichtsurteil festgestellt, dass man hätte Johann die beantragten Sozialleistungen gewähren müssen. Jedoch strich man das Wohngeld heraus und begründete dies damit, dass man ja umsonst gewohnt hätte. Na ja. Eine solche Erfahrung ändert Ansichten. Niemand sollte sie aber machen müssen und Menschen wie Gustav sollte man das Handwerk dauerhaft legen.

<u>Teil 3</u>

Geschichten aus der guten alten DDR

Kapitel 25

Eine Polenreise mit dem sozialistischen Lehrlingskollektiv

Manchmal kommen Erinnerungen an den verschiedensten Orten zurück und man fragt sich, warum erinnere ich mich gerade hier und heute.

Ich saß in einem Zug der Deutschen Bahn, der nicht mehr viel mit den überfüllten Zügen der guten alten Deutschen Reichsbahn von vor 40 Jahren zu tun hatte - insbesondere was den Komfort anbetraf. Am Fenster zogen satte Landschaften vorüber und lichtüberflutete Felder, auf denen einzelne Wolken ihre wandernden Konturen hinterließen. Im Zug lachten Jugendliche, die auf den Stufen saßen.

Es war fast so wie damals 1983, als unsere Lehrlingsbrigade zu einem Austauschwochenende nach Polen fuhr. Der Zug war heillos überfüllt, hatte keine Klimaanlage und nur einige wenige Fenster, die sich nur einen Spalt öffnen ließen. Dabei brannte die Sonne erbarmungslos auf das Wagondach nieder. Die stickige Luft heizte sich auf unangenehme Saunatemperaturen auf. Und dann blieb kurz vor Berlin der Zug für mehrere Stunden, im Feld stehen. Wer konnte und groß genug war, hechelte am Fenster nach frischer Luft. Und dann kamen Agrarhummeln, einmotorige Flieger, die Gift auf die Felder sprühten. Auch der Zug und seine nach Luft japsenden Fahrgäste bekamen eine volle Dröhnung ab. Gut, dass sich rein zufällig ausreichend Alkohol in den Taschen meiner fast 50 Mitlehrlingen fand. Klar, es gab auch welche die Milch tranken, aber die saßen extra. Erst nach zwei bis drei Stunden ging es stockend weiter. Damals

galt die Regel "Industriezüge gehen vor Personenzüge".
Das bekamen wir voll zu spüren.

Die polnische Partnerfirma, die zum Kennenlernen der
Lehrlingsbrigaden eingeladen hatte, hatte für 17 Uhr ein
Fußballturnier organisiert. Das Zeitfenster wurde nach
der langen Verzögerung jedoch sehr knapp. Völlig verschwitzt, halb verdurstet (die meisten ohne jede Fußbal-
lerfahrung, aber mit guter Laune) trudelten wir schließlich am Sportplatz ein, tranken erste Begrüßungsbiere,
stellten uns wie beim Fahnenapell im Carrè auf und hör-
ten uns die üblichen sinnlosen und öden Reden an. Das
Fußballspiel begann also mit: "Wir begrüßen die sozialistischen Lehrlingskollektive aus dem VEB Kombinat Fritz-
Heckert Betriebsteil Walter-Ulbricht, Werk IV sowie die
einladende Partnerfirma aus der sozialistischen Bruder-
Wojewodschaft aus Weilkopolski, vertreten durch Herrn
Boleslaw Gormu vom sozialistischen Polelsku Kometeta.
Wir bedanken uns bei den Genossen der SED Betriebslei-
tung aus der Kombinatsleitung Genossen Herrn Matthias
Paul und den Genossen sowieso und sowieso und sowieso. (Beifall toste auf) Dank auch den Jugendfreunden
der FDJ - Leitung für ihren Einsatz, der Kollegin Sowieso
und sowieso und sowieso. (erneuter Beifall), und den Genossen Oberlehrmeister die die heutige Veranstaltung
erst möglich gemacht haben." Dann wurden die Polen begrüßt: "Weiterhin begrüßen wir unsere polnischen Gastgeber und Kampfgefährten...

So ging es noch ein paar Minuten weiter, dann war Halbzeitpause und Rednerwechsel. In der zweiten Halbzeit
erklärten die Polen genau das Gleiche, nur andersherum.
In den Reihen der Lehrlinge machten als Teekannen ge-
tarnte Trinkbehälter mit Cola-Wodka die Runde.

Alle Reden wurden durch Dolmetscher und künstlich initiierten Beifall unterbrochen. "Die Ziele des 10. Parteitages der SED sowie des Warschauer Paktes sind uns allen eine Herzensangelegenheit." behauptete abschließend ein Schlussredner. Nun, wenn damit das anschließende Besäufnis in der Gewölbekantine gemeint war, dann sicherlich. Mit mehr als einer Stunde Verspätung begann dann endlich das Fußballspiel, bei dem der nüchternste Teilnehmer der Schiedsrichter war. Was nicht bedeutete, dass er nüchtern war. Der dickbäuchige Don Promillo im schwarzen Anzug keuchte immer in der Nähe der Mittellinie herum und sah vermutlich mehr als zwei derselben. Fauls sah er ausgleichenderweise jedenfalls nicht. Davon gab es in fünf Minuten mehr, als Spieler auf dem Platz herumirrten. Das minderte jedoch die Freude am Spiel nicht im Geringsten. Die Halbzeitpause traf dann auf torlose Spieler, die sich mit kühlem Bier auf eine hitzige zweite Runde vorbereiteten. Köpfe wurden jetzt noch mehr mit Bällen verwechselt als vorher. Don Promillo stellte irrtümlich den polnischen Torwart vom Platz, welcher sich sofort über einen Kasten Bier hermachte und erfreut beobachtete, wie zwei der Deutschen beim dadurch verursachten Protestgerangel ein paar Veilchen überreicht bekamen und danach mit nur noch halb geöffnetem Visier auf dem Platz herumirrten.

Zeitweise waren durch einen Spaßvogel sogar zwei Bälle auf dem Platz, die gleichzeitig ins deutsche Tor flogen und dem einzig verblieben Torwart die Qual der Wahl überließen. Er entschied sich für den falschen Ball und

Don Promillo pfiff ein Eigentor. Danach war für die Zu-
schauer nicht mehr klar ersichtlich, ob es sich um einen
Wettbewerb im "Rippen stoßen" und "Beine stellen" handelte, oder um ein internationales Sportereignis. Beim
Endstand von 11 zu 7 für die polnischen Sportsfreunde
schüttelten sich alle herzlich die Hände, bewarfen sich
gegenseitig mit ihren ekligen Mannschafts-T-Shirts und
der VEB-SED-Mann überreichte anlässlich des herausra-
genden Sieges, und um den unverbrüchlichen Bruder-
bund zu unterstreichen, einen golden angestrichenen
Aluminium-Ehrenpokal, sowie eine mordsmäßige Flasche Sekt für die Ausbilder. Diese überstand zwar die
Fahrt zum Klubkeller noch, lag am nächsten Morgen aber
traurig und leer in einer Ecke.
Zwei Busse brachten die aufgeräumte Truppe endlich
zum heiß ersehnten betriebseigenen Kellerklub des sozialistischen Operacja (poln. für Betrieb), wo ein riesiges
Abendbrotbuffet aufgebahrt war und auf seine Beerdi-
gung wartete. Gegenüber waren in einer Halle Betten auf-
gestellt worden, sodass jeder oder jede (es gab auch einige Lehrmädchen unter den Lehrbuben), den die alko-
holische Druckbetankung an die physischen und psychischen Grenzen gebracht hatte, auf zwei oder vier Beinen
die Flucht ergreifen konnte. Irgendwann zwischen drei
und vier Uhr morgens kamen dann auch die letzten
Kämpfer für den Sozialismus aus dem zugequalmten Keller die Treppen hochgekrochen und fielen in ihre Betten.
Um sieben Uhr gab es dann Frühstück und ein paar weitere Selbstbeweihräucherungsreden, dann holte ein Bus
die deutsch/sozialistischen Lehrlingskollektive wieder
ab und brachte sie zurück zum Bahnhof.'

Ich lachte leise in mich hinein, als ich an die genervten verquollenen Gesichter dachte, die völlig verkatert sich die Rede eines FDJ-Sekretärs anhören mussten. Niemand wusste mehr am nächsten Tag, wie die polnische Firma überhaupt hieß oder hatte sich irgendwelche Gesichter oder Namen gemerkt. Alles in allem war es also eine gelungene Freundschaftsveranstaltung des russisch dominierten sozialistischen Bruderblocks.'

Die Fahrt bot allerdings noch ein weiteres Erlebnis der besonderen Art.

Als mein Zug kurz vor der Einfahrt in den Berliner Bahnhof stoppte, kamen mir die damaligen Grenzkontrollen auf der Heimfahrt wieder in den Sinn. 'Wir näherten uns damals quietschend, rüttelnd und langsam der deutsch/polnischen Grenze, stoppten nach einer lockeren polnischen Kontrolle und hielten erneut an und zwar auf deutscher Seite. Der Zug stand in einem Areal, welches vollständig von hohen Schutzzäunen umgeben war. Grenzer umzingelten mit Maschinenpistolen den Zug und drangen in Zweiergruppen ein. Da war dann auch der Letzte von uns aus dem Koma erwacht. Grundlos war dieser Aufwand jedenfalls nicht, wie sich herausstellte.

Kurz vor der Grenze waren auffällig viele Polen zugestiegen. Eine etwas korpulente Dame hatte uns zusammengeschoben und neben mir den letzten freien Platz des Abteils belegt und einen sehr großen Koffer von einem Mann entgegengenommen. Den hatte ich ihr hilfsbereit geholfen, in die Ablage zu schieben. Jetzt waren alle Blicke auf die Tür gerichtet. Niemand sprach ein Wort. Dann kamen die Grenzposten: "Grenz- und Zollkontrolle! Papiere vorzeigen! Wo wollen Sie hin? Wem gehört dieser

Koffer und wem jene Tasche?" schnauzte ein Uniformier-
ter auf Deutsch und in Polnisch in den Raum. Dann kam
ein Spezialist und klopfte alle Wände ab. Andere durch-
suchten die Toiletten und fummelten mit Spezialspiegeln,
die wie überdimensionale Zahnarztspiegel aussahen, in
Toiletten und Wasserkästen herum. Nach einer Stunde
war der Spuk vorbei und der Zug rollte wieder auf Berlin
zu. Plötzlich kam Bewegung in die Abteile. Die zugestie-
genen Polen wuselten durch fast alle Abteile. Einer kam
zu uns, schraubte wortlos, unter den staunenden Blicken
der Reisenden, die Verkleidung unter dem Fenster ab,
holte Stangen mit eingeschweißten Sonnenbrillen hervor, befestigte die Platte wieder und verschwand grinsend. Die schwitzende korpulente Dame neben mir war
plötzlich doch nicht so korpulent sondern zog plötzlich
eine Jacke nach der nächsten aus. Diese legte sie or-
dentlich zusammen und bildete mehrere Stapel. Der Koffer entpuppte sich als "Transportmadroschka". Im großen Koffer ein Kleinerer, im Kleinen ein noch Kleinerer
usw. Bis zur Handtasche.

Überall waren Schutzhüllen für die Jacken versteckt, in
die sie die Kleidungsstücke einpackte. Dann packte sie
die eingetüteten Jacken in die Taschen zurück. Der Mann
kam wieder vorbei, schnappte sich ein paar der Koffer
und Taschen und nach ein paar Minuten war an der
nächsten Haltestelle der ganze Schmugglerspuk verschwunden. Sozialistische Bruderhilfe der ganz anderen
Art.'

Nachtrag:
Eine Woche später veröffentlichte der Genosse Oberlehrmeister einen Aushang mit Bildern von den Reden und Konterfeis der Besten des Fußballspieles. Der GOL-Sekretär kam auf der Lehrbaustelle vorbei und richtete sozialistische Grüße der Kombinatsleitung aus und bedankte sich für den Einsatz und die beeindruckende Leistung der Lehrlingsbrigade beim sportlichen Wettbewerb. Man freue sich auf den Gegenbesuch im nächsten Jahr. Als er fort war, wurde die Zwangspause von der Arbeit mit Mokkalikör und Bier bis Schichtende ausgedehnt. Pünktlich 16 Uhr gingen dann alle leicht oder mehr angetrunken nach Hause. Das hatten wir uns nach dieser sozialistischen Glanzleistung echt verdient.
Das SED-Schreiorgan "Neues Deutschland" brachte einen ausführlichen Artikel über den gemeinsamen Kampf für die Ziele des Warschauer Paktes heraus und hob den intensiven Austausch der Lehrlingsbrigaden unter Obhut der SED als Ausdruck des Zusammenhaltes und der grenzüberschreitenden Überlegenheit des Sozialismus über den bösen Kapitalismus hervor.

Sieben Jahre später war das System von der Straße hinweggefegt worden. Für die, die zwischen den Zeilen lesen konnten, war das allerdings keine Überraschung.

Kapitel 26
"Stockwichteln" und "stiefeln"

Volker war jetzt Mitte 50 und ein gestandener Mann. In seiner Jugend war er eher ein kleiner Hallodri gewesen. Hätte man ihn gefragt, wie er sich durch sein Abitur gemogelt hatte, er hätte es im Rückblick selbst nicht beantworten können. Da es in der DDR nur sehr wenige Abiturplätze und diese nur für die Besten oder Bonzenkinder gab, war er auf die Kombination Berufsausbildung mit Abitur ausgewichen. Das Abitur war bei dieser Variante auf die Hauptfächer eingekürzt und dauerte zwar drei Jahre, ließ aber für den Beruf unwichtige Fächer weg. Er wohnte in den ersten beiden Jahren im 14-tägigen Wechsel entweder in Plauen (Berufsausbildung), oder zum Abitur in Karl-Marx-Stadt. Sie wissen schon, die Stadt mit den drei O's: Gorl-Morx-Stodt, heute Chemnitz.

Obwohl Gorl-Morx-Stodt nur 120 Gilomäder entfernt lag, dauerte die Fahrt zum Wohnheim mit Zug und Straßenbahn fast 5 Stunden. Genug Zeit, um mit den Mitschülern den einen oder anderen nichtantialkoholischen Reiseumtrunk zu sich zu nehmen. Ab und zu ging es nahtlos in ein abendliches Gruppenbesäufnis über. Das klingt jetzt vielleicht so, als ob die jungen Leute alles begnadete Säufer vor dem Herrn gewesen seien, dem war aber nicht so. Wenn sie auf die Baustelle mussten, dann mussten sie um 5 Uhr morgens oder früher aufstehen. Mit Restalkohol in der Schule zu sitzen, war auch nicht angeraten und abends war in beiden Wohnheimen 22 Uhr sowieso Bettruhe und es gab Zimmerkontrollen. Also wurde an den

Anreisetagen kräftig gefeiert, denn da galten die Bettzeiten nicht. Obwohl die Anreise nach Karl- Marx-Stadt nur zweimal im Monat erfolgte, führte sie manchmal, zu unerwartetem Spaß und Abenteuern. Ob Schlachtfest, Gartenspartenfest oder eine Bushaltestelle, wo erst 5 Leute saßen und dann 50 und am Schluss bei den Klängen eines Kassettenrecorders getanzt, gescherzt und getrunken wurde. Die Partys stellten sich wie von Zauberhand von selbst ein. Einmal zog man geschlossen direkt an der Endhaltestelle der Linie 2 in den Gasthof Silbersaal ein. Der Gasthof lag direkt gegenüber dem Wohnheim und hatte sonntags öfters Tanzveranstaltungen, nicht selten mit älteren Herrschaften im Rentenalter. Die Truppe schloss in der Straßenbahn lachend eine Wette über eine Flasche Wein ab, wer den ältesten Tanzpartner finden würde und zog danach mit leicht alkoholisiertem Schwung im Gasthof ein. Der Abend wurde lustiger, als alle gedacht hätten. Man tanzte den ganzen Abend mit Menschen, die vier bis fünfmal so alt waren, scherzte mit ihnen am laufenden Band, und freute sich über die Schlagfertigkeit der eigentlich schon zahnlosen Tanzpartner. Ein 16-jähriger machte einer 90-jährigen unter dem Gelächter des ganzen Saals einen Heiratsantrag in Gedichtform, und ein junges Mädchen wanderte an einem Altherrentisch von einem entzückten Herrn zum Nächsten, flüsterte ihnen vermutlich schmutzige Sachen ins Ohr (was sie später vehement abstritt), drückte sie alle ab und brauchte für den Abend kein Geld mehr für Getränke. Ein anderer nahm sich dem verspannten Rücken einer im Rollstuhl sitzenden Dame mit übergroßen Ohrclips an, die selig die Augen schloss, also nicht für immer. Ganz so schlecht war nämlich nicht.

Am Höhepunkt des Abends schlug jemand „heiteres Geh-stockraten" vor. Die Stöcke und andere Utensilien tanz-williger Damen und Herren wurden zum Abschluss auf dem Tisch an der Bar auf einen Haufen gelegt und die jungen Leute mussten raten, wem welcher Stock oder Hut oder sonst was gehörte. Wer richtig riet, hatte somit seinen Tanzpartner gefunden. Da nicht jeder junge Mann den Humor aufbrachte, mit einem älteren Herrn zu tanzen, gab es noch eine Art kurzes Schrottwichteln zur Tanzpartnerfindung. Zu den Klängen von "Alles klar auf der Andrea Doria" ging der lustige Abend dann mit "Stocktanz" unter, wie es eine ältere Dame scherzend nannte. Volker hatte mit einer 92-Jährigen mit der ältesten Frau und ein Mädchen mit einem 90-Jährigen den ältesten, männlichen Tanzpartner gefunden, auch wenn der Tanz eher symbolisch war. Der Wein wurde noch vor der Tür brüderlich geteilt, was bedeutete, dass Volker auch ein kleines Glas abbekam. (Sie kennen den Witz aus der Zeit des sozialistischen Bruderbundes? Sagt der Russe: Wir teilen brüderlich. Antwortet der Deutsche: Nein wir machen halbe halbe.) Danach stürmten alle in ihre Wohnquartiere zurück, die einen mit Stock und die anderen mit Koffer. Vermutlich bekamen aber nur die jungen Leute bei ihrer Ankunft einen Anschiss von der Etagenaufsicht. Der wachhabenden Dame erschloss sich zunächst nicht, mit welchem Zug alle hätten gekommen sein sollten, auch fuhr die Straßenbahn schon längst nicht mehr. Aber die Ausrede "Sie kennen doch die DDR-Reichsbahn.", kombiniert mit Schulterzucken und einem Seufzen über das teure Taxi, überzeugte sie.

Ein andermal war der halbe Gang im ersten Oberge-schoss (die wenigen Mädels wohnten alle in der dritten

Etage) - nach der Anfahrt mit vorherigem Discobesuch und ein paar Flaschen Schnaps - heillos betrunken. Als alle endlich in ihren Doppelstockbetten lagen, wurde es dem ersten übel. Er schaffte es nicht mehr bis ins Bad, stürzte zum Zimmerfenster und erbrach sich unsittlich ins Freie. Das animierte die Nachbarzimmer, sodass statistisch gesehen an jedem zweiten Fenster eine bleiche Gestalt erschien, um den "Erkrankten" solidarisch bei der Bewältigung seines Problems zu unterstützen. Dumm nur, dass in der Etage darunter der Technische Direktor seine Büros hatte und zufällig seine auf der Baustelle nass gewordenen Arbeitsstiefel auf dem Fensterbrett zum Trocknen stehen hatte. Ich denke, dass jetzt jeder Leser sein Kopfkino in vollen Zügen genießt. Volker war nun derjenige gewesen, der sein Zimmer genau über den Stiefeln hatte. Und er hatte, ohne es zu ahnen getroffen.

Am nächsten Morgen klopfte es während des Russischunterrichtes an die Tür des Sprachkabinetts. Die Sekretärin steckte ihren Kopf durch die Tür und verkündete mit unterdrücktem Lachen "Guten Morgen! Entschuldigung, wenn ich störe. Der Herr Direktor lässt ausrichten, dass derjenige oder diejenigen, welche in der Nacht etwas aus dem Fenster verkippt haben, doch die Fensterbänke und seine Stiefel heute nach dem Unterricht einer gründlichen Reinigung unterziehen mögen. Ich soll mitteilen, dass ab 17 Uhr das Büro nicht mehr besetzt ist, sodass Reinigungsfreiheit besteht. Er geht davon aus, dass dies bis morgen früh rückstandsfrei zu bewerkstelligen ist. Die Schuhe bittet er in trockenem Zustand zurückzustellen. Ansonsten regt er an, doch zukünftig etwas vorsichtiger beim ‚Verschütten' zu sein." Damit schloss sich die Tür und incl. Volker waren einige der Anwesenden froh, dass durch die Wände des Sprachkabinetts ihre feuerroten Ohren nicht zu sehen waren. Aus einigen Kabinen kam Gekicher. Die Russischlehrerin nutzte die Gelegenheit und kommentierte den Vorfall über die Kopfhörer auf Russisch, was einen Teil der Schüler laut zum Lachen brachte, den anderen allerdings nicht, denn der hatte entweder das Russisch nicht verstanden oder zählte zum Reinigungstrupp.

"Stiefeln" oder „Jemandem den Stiefel machen" waren danach neue Begriffe, die jedes Mal fielen, wenn jemand so viel getrunken hatte, dass es nicht ohne Folgen blieb.

Kapitel 27

"Das GST – Lager

Geschichte aus einer paramilitärischen

Massenorganisation der DDR

Versetzen wir uns in eine Zeit zurück, in der Kinder und Jugendliche bereits militärische Uniformen besaßen. Eine Zeit, in der in der Schule im Sportunterricht Handgranatenweitwurf auf Zensuren geübt wurde und im Physikunterricht Aufgaben gerechnet wurden, bei denen Raketen aufeinanderprallten. Versetzen wir uns in eine Zeit nach dem Zweiten Weltkrieg zurück, als der globale "Kalte Krieg" zwischen zwei unversöhnlichen Lagern ungehemmt tobte. Als sich Sozialismus und Kapitalismus unversöhnlich gegenüberstanden und alle Menschen Angst vor atomaren Kriegen hatten. Eine Zeit, in der wir lernten, dass man sich retten könne, wenn man sich bei einer Atombombenexplosion mit einem nassen Sack oder eine Aktentasche über dem Kopf, hinter eine Mauer werfen würde. Dabei sollten die Füße in Richtung Atompilz zeigen. Gehen wir in ein Land, welches ganz vorn an der Grenze zwischen beiden Lagern lag und lassen sie uns gemeinsam, wie bei Google earth, unseren Blick von ganz oben aus dem All bis nach Mitteleuropa und dann in die kleine DDR werfen. Und dann zoomen wir uns in ein paramilitärisches Wehrlager für Jugendliche herab.

In der DDR gab es eine Gesellschaft für Sport und Technik, kurz GST genannt, bei der man im Rahmen des Motorsports den Führerschein billig erwerben konnte, mit dem Fallschirm springen, dem Tauchsport frönen, beim Sportschießen mit halbautomatischen Waffen herumalbern uvm.

Eigentlich hätte es eine spannende Truppe für junge Leute sein können, ja wenn es nicht, wenn es nicht eine paramilitärische Organisation gewesen wäre. Eine kleine Zusatzarmee sozusagen in einem Land, welches sich demokratische Republik nannte, aber alles andere, nur nicht demokratisch war.

Das Lager befand sich in einer Hügellandschaft am Fuß der Mittelgebirge, am Übergang vom Erzgebirge zum Elstergebirge. Die Umgebung war fast malerisch schön zu nennen, umgeben von sanft schwingenden Wiesen auf denen die sonnendurchfluteten Wolken ihre flüchtigen Abdrücke hinterließen, singenden Vögeln, kleinen Baumgruppen, Blumen. In der Ferne waren der Wald, unterbrochen durch kleinere Felder, und die Ausläufer der Gebirgsketten zu sehen. Alles lud zum Verweilen und "Seele baumeln lassen" ein.

" Links zwo, drei, vier! links, zwo, drei, vier! Aaalles halt! Kooompanie stillgestanden! Rüüührt Euch!"

So schnell kann der Frieden aus der Natur verschwinden. Ein Kolonne Sportsfreunde, (so nannte man die Soldaten dieser Militäreinheit), angeführt von einem Hundertschaftsführer, marschierte den Hügel hinauf.

Eigentlich waren die "Sportsfreunde" nur Abiturienten mit angeschlossener Berufsausbildung und eigentlich hatten sie Sommerferien - eigentlich. In Wahrheit begannen ihre Ferien in einem Militärlager der Gesellschaft für Sport und Technik.

Nach dem letzten Schultag am Freitag waren die 16 und 17-jährigen Jungen nach Hause gefahren, hatten frische Sachen eingepackt und sich am Sonntag am vorgegebenen Bahnhof eingefunden. Dort standen sie in wilden Haufen herum und schwatzten. Das Gelächter erlosch jedoch sehr schnell, als ein Offizier mit seinem Stab den Bahnhof betrat. Fünf Minuten später hatte der ganze Haufen, in 10 er Gruppen sortiert, stramm mit den Händen an der Hosennaht an der Bahnsteigkante gestanden. Sommer- und Ferienbeginn in der Diktatur.

Nur einen Tag später marschierten sie 6 Uhr in der Früh durch morgendliche Landschaften.

Jede Gruppe wurde durch einen Gruppenführer angeführt und Karl war einer von ihnen. Im ersten Lehrjahr musste jeder, ob mit oder ohne Abitur, diese vier Wochen hinter sich bringen. Die Abiturienten mussten dann jedoch im zweiten Jahr zusätzlich für zwei Wochen zur Gruppenführerausbildung. Die hatte Karl noch frisch in Erinnerung. Sein Zimmergenosse war vor zwei Wochen von einem Ausbilder fertig gemacht worden und alle hatten darüber gelacht. Oh Gott, wie er das hasste! Mario hatte einen kugelrunden Kopf, auf dem das schiffchenähnliche Militärkäppi nur gehalten hätte, wenn er es mit einem Gummiband befestigt oder angenagelt hätte. Eines Morgens mussten sich nun alle in einer Reihe aufstellen und auf Befehl einzeln losrennen. Dann kamen Befehle wie "Stellung!" oder "Weiter!". Jedes Mal, wenn Mario sich in vollem Lauf hinwarf, flog das Käppi einen Meter weiter. Der Offizier machte sich einen Spaß daraus und ließ ihn immer wieder rennen. Zur Strafe für das "abgesetzte" Käppi, wie er es nannte, gab es anfangs fünf, dann zehn Liegestütze. Er ließ erst von Mario ab, als dieser erschöpft zusammenbrach. Dann wiederholte er dieses Machtspiel mehrere Tage lang und konnte sich sicher sein, dass er das erwartungsfrohe Gelächter immer auf seiner Seite haben würde. Das Käppi landete prompt jedes Mal einen Schritt weiter auf dem Boden. Mario kroch bereits am dritten Morgen zitternd und mit Tränen in den Augen aus dem Bett. Was für eine brutale Welt. Erziehe einen, dann erziehst du alle. Es war unerträglich gewesen. Am Ende gab es für jeden frisch gebackenen Gruppenführer rote Balken, die sie links und rechts auf der Uniform aufnähen mussten. Bei einem feierlichen Appell, bei dem ein Generalleutnant die Verteidigungsbereitschaft und den Einsatz- und Kampfeswillen der deutschen Jugend beschwor und für Mario den Hinweis, in Zukunft sein Käppi richtig aufzusetzen. Gelächter! Die sozialistischen Kriegsgesänge des Offiziers hatten sie sich schweigend und mit unbewegten Mienen angehört und die meisten wünschten den Typen gleichzeitig dorthin, wo der Pfeffer wächst. Dabei machten sie aus Angst alle mit.

Zwei Wochen fehlten ihnen in der Schule wegen diesem Mist, und jetzt mussten sie selbst die Lehrlinge aus dem ersten Lehrjahr "ausbilden". So hatte man es jedenfalls bedeutend und gewichtig formuliert.

Um die besser untergebrachten Gruppenführer zu bestechen, gab es jede Woche für jeden von ihnen einen Kasten Bier. Teile und herrsche.

Karl hatte sich sofort mit "seiner" Truppe zusammengesetzt und die Regeln besprochen. Sie würden mitziehen, er seinen Kasten Bier mit ihnen teilen und sie vor blödem

Zeugs, wie Käppi-Mobbing, versuchen zu bewahren. Wobei es das Wort "Mobbing" damals noch gar nicht gab. Da wurde noch deutsch gesprochen und feiner unterschieden, mit Begriffen wie fertig machen, drangsalieren, der Lächerlichkeit preisgeben oder die Truppe auf Kosten Einzelner erziehen. Das brachte es mehr auf den Punkt, weil man damit das Motiv des Täters offenlegen konnte.

Die Gruppenführer waren am Vorabend in einer Einsatzbesprechung darüber informiert worden, dass am nächsten Tag Übungen, wie Schützenlinie, Schützenkette, Gleiten und Kriechen in Formation auf dem Plan standen. Sie hatten dafür zu sorgen, dass die Befehle ordnungsgemäß, exakt und schnell ausgeführt wurden. Am Abend sollte dann eine offizielle Auswertung erfolgen und der Tagessieger verkündet werden. Die nächsten zwei Wochen standen also alle Gruppen im Wettbewerb für einen möglichst guten Schlussbericht an Ausbildungsbetrieb und Schule. Das konnte heiter werden.

"Kompanie ausschwärmen! Wir üben Gleiten und Kriechen in Kampfformation!" Kam der erste Befehl. Aus den Reihen drang prompt Murren: "Was? Hier? Spinnt der? Die Wiese ist voller dampfender Kuhfladen. Sollen wir den ganzen Tag in vollgeschissener Uniform herumrennen? Hat jemand Waschmittel dabei?" Der Bauer hatte die Wiese offensichtlich in drei Bereiche geteilt. Auf einem Teil standen die Kühe. Ein Teil hatte recht hohen Bewuchs und stand vermutlich schon länger ungenutzt da und von einem Teil musste der Bauer die Viecher gerade erst weggetrieben haben. Vermutlich war der kommandierende Offizier selbst davon überrascht, aber das spielte für ihn keine Rolle. Für ihn war es nur ein Aspekt mehr, für eine realistische Kampfsimulation und ein Test, wie groß der Gehorsam der Truppe war. "Hat jemand etwas gegen meinen Befehl einzuwenden?!" Fragte er in hartem Ton. Karl trat hervor: "Ja, ich, Genosse Leutnant." Dem Leutnant traten erste Wutadern auf die Stirn. "Wollen Sie sich meinem Befehl widersetzen?" brüllte er aus dem Stand heraus los. "Nein, Genosse Leutnant. Ich wollte nur vorschlagen, die Nachbarwiese zu nutzen, denn hier ist alles voller frischer Kuhfladen und es gibt keine Ersatzuniformen." "Im Krieg sind sie froh, wenn sie durch Scheiße robben dürfen. Dann leben sie nämlich noch. Führen Sie meinen Befehl aus oder es hat Konsequenzen!" Aus den Reihen drang eine mürrische Stimme: "Wir sind aber nicht im Krieg, wir haben Ferien." Der Leutnant explodierte förmlich: "Ich werde ihnen zeigen, ob sie hier im Krieg sind. Erst die Vorteile des Sozialismus ausnutzen und dann sich zu fein sein, durch eine Wiese zu kriechen. Der feine Herr tritt jetzt vor, und wird uns ein paar sportliche Übungen vorführen. Der Gruppenführer übernimmt!" Funkelte er den aufsässigen Karl an. Dieser befahl den Jungen daraufhin nach vorn und flüsterte ihm entschuldigend zu: "Das gibt heute Abend ein extra Bier." Danach ließ er ihn den Hampelmann und Liegestütze machen, bis er einen hochroten Kopf hatte und der Leutnant den Abbruch befahl. Alle mussten zuschauen und danach durch Kuhfladen robben. Mittagessen gab es dann in vorgepackten Rationen, ein Ei, eine Vanillemilch, eine Bratwurst mit Brötchen.

Abends kam dann eine erschöpfte, stinkende und völlig verdreckte Truppe ins Lager zurück, die den Rest des Abends damit verbrachte bis zum Zapfenstreich, ihre Uniformen mit Seife zu waschen. Am nächsten Morgen zogen sie ihre noch nassen Uniformen wieder an, was zu einigen Erkrankungen führte.

Karl war am Abend zum führenden Kommandanten gerufen und von diesem angebrüllt und richtig runderneuert worden. "Kamerad! Sie haben als Gruppenführer Vorbildfunktion." versuchte er ihm einzureden. "Der Staat schenkt Ihnen eine kostenlose Lehrausbildung und ein Abitur. Und sie gehen kostenlos zum Arzt. Da dürfte es ihnen doch nicht schwerfallen, ein klein wenig zurück zu geben." Das war ein Totschlagargument, mit dem man immer kam, und dass Karl nicht mehr hören konnte. "Was fällt ihnen eigentlich ein, einen Befehl zu verweigern! Wir buddeln hier doch nicht im Sandkasten!" Ereiferte er sich und kam dabei immer mehr in Fahrt. "Der Dienst an der Waffe für Frieden und Sozialismus ist oberste Pflicht! Auch für so ein Würstchen, wie Sie!" Die letzten Worte brüllte er förmlich: "Wenn so etwas nochmal vorkommt, wird es Folgen für Sie haben, die sie bis an ihr Lebensende nicht vergessen werden und ihr Studium können Sie dann gleich vergessen. Solche Typen brauchen wir hier nämlich nicht!!" Er war aufgestanden und hatte sich mit beiden Händen auf den Tisch gestützt. Dabei funkelte er Karl wütend an. "Haben Sie das verstanden?!" Karl, der stramm, mit den Händen an der Hosennaht vor ihm stand nickte: "Jawoll Herr Offizier, verstanden." "Dann können Sie abtreten." Es blieb also vorerst bei einer heftigen Verwarnung. Aber nach dem Vorfall, welcher sich herumsprach, waren alle erstmal diszipliniert worden und für die nächste Woche war die Truppe gehorsam. Bis der Orientierungslauf kam.

Karl hatte eine Karte der Umgebung und erhalten, in der Koordinaten eingetragen worden waren und wo nur nach Wald und Wiese unterschieden wurde. Mit einem Kompass ausgestattet, hatten sie viele Stationen anzulaufen und sich kleine Stempel abzuholen. Ziel war es, möglichst alle Stationen zu finden und mit weniger als fünf fehlenden Stempeln zurück zu kommen.

Als sie die ersten drei Stationen gefunden hatten, stand die Mittagssonne jedoch schon weit oben. "Das schaffen wir nie. Wenn wir so weiter machen, bekommen wir noch zwei Stempel und das war's." meinte einer der Kameraden und die anderen nickten. Karl schaute auf die Karte. " Ich denke, ich weiß genau, wo sich die letzten Stationen befinden. Es geht nämlich gar nicht anders, als sie für den Rückweg entlang des kleinen Wanderweges zu platzieren, den wir am ersten Tag beschritten haben." "Also ich

habe Skatkarten dabei. Die blöden Stationen sind mir
wurscht." Damals wurde bei jeder Gelegenheit Skat ge-
spielt. Es war also kein Wunder, das mehrere Jungen ihre
Karten dabeihatten. Die verlockende Nähe eines Geträn-
kestützpunktes und ein paar zufällige einsteckende Geld-
scheine führten dazu, dass der restliche Tag schnell vo-
rüberging. Beschwipst und fröhlich latschte man am
Ende des Tages zu den angepeilten drei Stationen, welche
aber schon abgebaut waren. Mit Liedern, wie „Hab' mein'
Wagen vollgeladen, voll mit alten Weibsen" und heute
längst vergessenen Liedern wie „Sabine, Sabine, steht
hinter der Gardine. Unten schaun die Füße raus, Sabine
ist ne süße Maus.", zog Karl mit seiner Zehnerschaft
durchs bewachte Tor.

Am frühen Morgen darauf wurde ein Sonderappell abgehalten, durch den das ganze Lager eine halbe Stunde früher aufstehen musste. Karl wurde nach vorn befohlen
und bekam seine gerade erst erworbenen roten Streifen
mit einer theatralischen Geste abgeschnitten. Im Lager
war Karl für die Einen ein Held und für die Anderen der
Typ, wegen dem sie zeitiger aufstehen mussten.

Acht Wochen hatten die Schüler und Lehrlinge offiziell Sommerferien. In Wahrheit waren es jedoch nur sechs Wochen; oder vier, wie bei Karl. Ein Jahr später wurde seine erste Studienbewerbung für Wasserbau an der TU Dresden aus Kontingentgründen abgelehnt. Einen beweisbaren Zusammenhang zwischen beiden Vorfällen konnte er jedoch nicht herstellen. Das ungute Gefühl blieb aber noch lange bestehen.

Weitere Bücher:

„Umbruch an der Uni" Aus einem Studium am Bauhaus in Weimar in der Wendezeit 1987 bis 1992
53 witzige und manchmal ernstere autobiografische Kapitel, mit zeitgenössisch begleitender Dokumentation, Karikaturen, Stasiakte und vielem mehr
Herausgegeben 2020, BoD

„Praxishandbuch Abdichtung" Ein Ratgeber, für Jeden, der mit einem feuchten Haus zu tun hat
Herausgegeben: Januar 2020, BoD

„Irgendwas passiert immer"
Herausgegeben: Januar 2020, BoD

„Synapsen auf Abwegen"

Herausgegeben: 2021, BoD

„Der Mord, der alles veränderte"

Herausgegeben: 2022, BoD